名家小写文集

孟大鸣 著

发光的虫子

北京联合出版公司
Beijing United Publishing Co.,Ltd.

图书在版编目（CIP）数据

发光的虫子 / 孟大鸣著 . -- 北京 : 北京联合出版公司 , 2024.8. -- (名家小写文集). -- ISBN 978-7-5596-7903-1

Ⅰ . I267

中国国家版本馆 CIP 数据核字第 20247UZ353 号

发光的虫子

作　　者：孟大鸣
主　　编：张海君
出 品 人：赵红仕
出版监制：张晓冬
责任编辑：李艳芬
特约编辑：和庚方　张　颖
封面设计：立丰天

北京联合出版公司出版
（北京市西城区德外大街 83 号楼 9 层　100088）
三河市同力彩印有限公司印刷　新华书店经销
字数 260 千字　710 毫米 ×1000 毫米　1/16　12 印张
2024 年 8 月第 1 版　2024 年 8 月第 1 次印刷
ISBN 978-7-5596-7903-1
定价：65.00 元

版权所有，侵权必究
未经书面许可，不得以任何方式转载、复制、翻印本书部分或全部内容。
本书若有质量问题，请与本公司图书销售中心联系调换。
电话：17710717619

目 录

第一辑　一条船上的句号 ……………………………… 001
　双众十七队 …………………………………………… 002
　一朵饰品 ……………………………………………… 012
　去找浆村 ……………………………………………… 024
　耄耋之年 ……………………………………………… 035
　一条船上的句号 ……………………………………… 042
　鄢县水口圩邮局 ……………………………………… 049
　海凌采访记 …………………………………………… 052
　水城记忆 ……………………………………………… 062
　断　片 ………………………………………………… 070
　病 ……………………………………………………… 081

第二辑　不得而入 …………………………………… 087
　另一种梦想方式 ……………………………………… 088
　不得而入 ……………………………………………… 095
　让灵魂去流浪 ………………………………………… 102
　男人的痛 ……………………………………………… 110
　忽　悠 ………………………………………………… 117

泵房三宝 …………………………………… 121
爱管闲事的人 ……………………………… 133
尴尬三事 …………………………………… 140
幸福生活 …………………………………… 147

第三辑　发光的虫子 ………………………… 155

蓄水的村庄 ………………………………… 156
向往一种优雅 ……………………………… 161
发光的虫子 ………………………………… 165
神秘的丘陵 ………………………………… 170
红　叶 ……………………………………… 174
一株树的泄密 ……………………………… 181

第一辑
一条船上的句号

双众十七队
一朵饰品
去找浆村
耄耋之年
…………

双众十七队

　　我被囚在树林、灌木和杂草中。我不知道它们的出生年月，但知道它们是在我离开后出生的。杉树和枞树的个头，据目测至少是我身高的三倍，树尖蓬蓬的，像伞一样在头顶撑开，有阳光从树叶间洒落，苍穹被分割成不规则的小块。我40年后重返故地，这片林子最多二三十年，这个年龄对一片树林来说还是低幼期，它们的皮肤很洁净，还没被藤蔓缠绕，也没有被绿苔依附。

　　真正囚住我的不是杉树和枞树，它们争抢的是天空，倒是那些灌木和茅草。它们从泥土里冒出来，便急着横向生枝，毫不掩饰跑马圈地的欲望。脚前的灌木和茅草，以前我能叫出它们的名字，现在除了冬茅草和毛栗子树，其他的几乎都不认识，其实它们也不认识我了。这里，从前是一条小路，那种本来没有路，经无数脚板对小草的踩踏而成的羊肠小道。那时，山上的树木柴草，如癌症晚期化疗后的病人，了无生长欲望，蛛网般的小道便在光溜溜的黄土山头肆意延伸。小路虽然崎岖，但我相信还是比大路短了那么一截。那年月时兴解放鞋，我鞋子的橡胶底几乎都是在小道上磨穿的。今天，不是磨坏鞋底，而是鞋底不知道往什么地方磨。我双手把枝枝杈杈分开，请它们让出一小块给我的鞋底，但冬茅草我不敢用手碰，记得那叶片像刀一样锋利，只能用双脚强行踩过去。它们有一米左右的个头，必须踩在半腰上，才肯低下身子配合我。

40年前，这里叫双众大队十七小队。我母亲在双众大队第二小学（简称"双众二小"）教书。学校"混居"在十七队一个叫湴田冲的农家屋场，四户农家，不到二十间房子，学校占了三间半。两间教室，另一间是我家的住房，还有半间是厨房。所谓半间是一个带天井的过道，另一出口是堵住的。我童年和少年的记忆都在这所乡村小学，以至于我每从书本上看到乡村的图景或农耕文化的内容，第一联想到的就是双众十七队。

和农民们一道下田锄草，对我来说不是生计，而是娱乐；我的热情和干劲换来的不是工分，而是夸奖和赞美。我有一个让旁人羡慕的身份，官方叫非农户口，农民们更直接地说："吃国家粮的。"那时学校不上课的时间要比上课的时间多，我才能做一个合格的跟屁虫。隔壁九阿公去犁田，我替他牵牛，他把犁扛在肩上，一老一小走在田埂上，我像他的助手。牛一步一步往前迈，九阿公在后面扶犁，半弓着腰，绑在犁上的牛绳稍一松动，他便扬起鞭子，但并未落到牛背上，牛便加快步伐，绳子也就再次绷紧。犁铧如锹，一锹一锹的泥巴从底下翻上来，上面的便到了下面，两个客厅大小的面积也要犁上大半天。我一边玩泥巴，一边看着牛犁田，我的童年真是天天体验田野的快乐。

刮风下雪，田间、地头也有着忙碌的身影。挖草皮、烧荒，替来年的禾苗积聚营养。春、夏、秋季，太阳还在云层间，农人们已荷锄而出，城里的朋友们常常抱怨小区的鸟儿吵醒了早晨的瞌睡，这些日出而作的农人，恐怕要换到鸟儿来抱怨了。薄暮时的炊烟图，是我童年和少年生活图景的组成部分。我跟在农人们身后，有时在前，一拨一拨，以屋场为集体，朝各家的炊烟走去。日光开始稀薄，炊烟从屋顶升起，在山坳里飘荡。有的浓墨重彩，拖拉机打火似的，是灶里的柴火刚从山上砍回来，还没来得及晒干就匆匆进了炉膛；有的淡淡的，如白雾一般轻盈地在空中飞舞，那炉子里烧的是干枯了的小灌木。屋顶上炊烟的多少和时间的长短，会把一个家庭的秘密暴露在天空中。学校隔壁周家，是一个十口人的大家庭，我吃完饭在外玩耍了一圈，他家屋顶的炊烟还在悠悠飘荡。九阿公家人口比周家少一半，我吃完饭后很少看到他家屋顶还有炊烟。

我读过东北作家迟子建的散文集《我的世界下雪了》，东北与湖南千里之遥，民俗迥异，农耕文化的图景却惊人地重合。两千多年中华农耕文明，不仅是气韵的博大，其地域的宽广也助她铸就了辉煌。双众十七队是丘陵山区，与县道相距一公里。卫星图上这个肉眼无法捕捉的小点，却凝聚了两千多年农耕文明的精气，我从这里进入历史的深井，目睹农耕文明的最后一幅画面。

吕思勉在《中国史》中说，"当神农时，已经离开游牧社会进入耕稼社会了。"我读了《中国史》后才明白，双众十七队这幅农耕文明的图画，她的祖师爷还是尝百草的神农氏。吕思勉还说，"从今日以前，两千多年，差不多没有改变，而为社会的根柢的，尤其要推农人。"农人这个名词，应该诞生于神农时，我无法考证"农人"这两个文字究竟出现在哪个年代，但从游牧到耕稼，奠定了农人这个名词的内涵和本质，农人注定成了中华农耕文明的创造者和实践者。从农人到农民，一字之变，变于什么时候，我也无从考证。据我推测与现代某个意识形态有关，不管如何变化，耕稼的生产形态和本质还是在祖师爷神农氏划定的框框里。

40年前，我从这条小路上起步走进城市，从农耕文明进入工业文明，成为洞庭湖畔一家特大型化肥企业的倒班工人。

回到曾经的双众十七队，我也算回到了故里。尽管这里没有我的根，没有血缘亲人，但我最初的人生梦想是在这里发源的，是影响我一生的初始之地。这里的山、土、田地还有树木杂草，是我的精神养分，她的兴衰捆绑着我情感中的每一根神经。

回故乡前，我看到的和听到的信息，都是农村一片废墟，留守儿童、空巢老人、田土荒芜。那些信息像旧时代的老太爷，用维护祖宗规矩的虔诚心情，呼唤拯救颓败的乡村，并对今日乡村的因果痛心疾首。

40年前，双众十七队的房屋，三分之二是泥砖土瓦，余下的是泥砖稻草房。土瓦用泥烧制，一个空心的圆柱一分为二，一双手掌大小，高温烧烤后便成青灰色。我没资料考证，这种技术发明于什么年代，也不知道知识产权归属于谁，凭感性判断，至少有上千年历史了。我的履历里有两年上山下乡的知青生涯，当知青的第一个任务就是做瓦。师傅把瓦泥扶在瓦桶上，我负责把台面上扶了泥的瓦桶提到一旁整齐排列，等待太阳晒干。做瓦是熟练工，不出三五天，也可以学师傅往瓦桶上扶泥，且有师傅的模样。今日，这瓦也许成了收藏家的古董，八〇后可能见过，九〇后要想一瞩土瓦，只怕要先和收藏家商量。我的双众十七队，已经没有泥砖土瓦了，更见不到茅草房的影子了。当年双众二小寄居的老屋场也完成了她的使命，蜕变成了三栋漂亮的小别墅，红砖墙壁水泥屋顶，外墙贴着瓷砖。这种房子是今日乡村的主流。

我走进一家小院，四周不是封闭的泥土围墙，而是齐膝的灌木丛，虽然是冬季，却保持着春天的样子。小院露天地面也被水泥硬化，院子里有鸡在觅食，我步步为营怕踩上鸡屎，没想到是庸人自扰，水泥地面如水洗涤，再仔细观察鸡们在指定的地盘欢娱嬉戏。这时，我难免会想起当年双众二小鸡屎泛滥的场面。雨天放学后，邻居丢一把谷子到教室里，同一个家族里的同群结队的鸡们，便在凳子上、课桌上留下脏物。农民不嫌鸡屎，农民的儿女更不嫌鸡屎，用手掌拂拭，脏物便化为乌有。农民们"热腾腾"的生活,鸡是测温计。公鸡三更打鸣,母鸡生蛋后"咯咯咯"的报喜声,从古至今的农民们都能从中找到最温暖的存在感。

　　我一连拜访了十多栋小楼,一半已人去楼空,窗口下的柴火长了绿苔,门上铁锁坚固。就算有人居住,也寂寞孤冷,不似我童年时一家一户少则五六口,多则十来口。有一老者孤身坐在家门口晒太阳,懒散、萎蔫的状态,远看像耄耋老人,近了才发现和我一样同是五〇后。我主动和他拉话,我说我母亲以前是双众二小的老师,待我讲出母亲的名字时,他才把现在的我和童年的我统一到一个人身上。他说,少说也有十三四家没住人,谁谁到城里带孙子去了,谁谁住在镇上,房子是去年新盖的,为了等征收。

　　我说出一个小学同学的名字,老人说去城里带孙子了。他有一儿一女,儿子在长沙,女儿在外省,他在长沙儿子家,他老婆在外省女儿家。和老人说话时,一个三四岁的小男孩从房子里跑出来。老人摸着小孩的头说:"我们明年也要进城,这房子也要空几年了。"老人的儿子在县城做生意,还在县城买了房子,正在装修。老人又说:"主要是儿子着急,怕耽误小家伙读书。"

　　他说等孙子大了,读书不需要接送了,还是要回来的。我相信他会回来,但他的儿孙还会回来吗?他们将永远飞出了这个丘陵山村。我有个朋友,他爱人的弟弟进城打工十多年,在城里育有一儿一女,户口都在农村老家。大儿子已读初中。他们的房子建在农村,也是空着,在城里租房住。如果以户口定一个人的身份,无疑他们都是农村人,但他们的生活习惯和情感,早已城市化了。春节带儿女回农村看父母,还没住三天,小家伙们就哭闹着要回家。大人说,这是他们的家,小孩说,不是,他们的家在城里。

　　同学听说我回到了双众十七队,便打电话叫我去镇上。他举家迁到了镇上,但田土和房子还留在村里。田土给邻居耕种,但邻居这两年外出打工了,有人想种就种,没人种就荒着。田地是国家的,他不能出售,就算能卖也没人敢要。除了田地,他还有一栋漂亮的三层楼房。以前是两层,去年又加了一层,并将外墙用瓷砖美化,房内也做了简单装修。这栋楼在诞生前就决定了孤独寂寞的命运,这看似荒诞,却符合某种等待发横财的心理。

听说过一个故事,某地有个农民,得知政府要征收他们的土地时,田里的禾苗刚成活。为了让禾苗长得茂盛,谈补偿时有个好价钱,便给禾苗施了超过正常量两倍的氮肥。别人的禾苗还只有半尺高,他的已经超出一尺多了。所谓的征收,最后只是空穴来风,结果他获得的是比旁人多两倍的稻草。

我不知道故事有几成真实,但我相信农民不再热爱土地了。读书时,教科书告诉我,农民和土地是血肉关系,讴歌乡土的文学作品,其本质就是讴歌农民与土地的鱼水之情。我的脑袋里曾长久地盘桓着一个沧桑的老人,手捧泥土,双膝跪地,面向苍天,为大地祈祷,感谢苍天赐予土地,感谢土地的养育。这幅画面,在我回到少年时代的双众十七队后,不知被谁悄然摘走了。今天的土地已经不能用肩扛牛拉的方式承载起农民们的希望了,两千多年的农耕文明,教给农民的是一套自给自足的课程。这套课程似一条绳索把农民紧紧地捆在土地上,在逐渐市场化的今天,农民与土地成了一对冤家。他们离不开土地,离了土地,他们就没了身份,而今天土地上生长的却是挥之不去的贫穷的阴影。在这个商业化的时代,农民只有摆脱土地才能获得自由,才有获得新生的希望。赞美一块无法养育自己的土地只会培养虚假的崇高。

当年通往镇上的田间大道,已升级成村级公路,两车相会总有一台需要礼让。双脚踏在水泥路上,我找不回故乡的感觉,更找不到少年时的双众十七队。眼前有着宽广的村道不走,为什么非要翻山越岭重走当年的小路？我说不明白是什么原因，能说明白的或许都不是原因。例如，我潜意识里觉得乡村就应该属于小路、炊烟。乡村的灵魂是柔软的，附着细小、灵动的精灵，供人慢慢品味。我甚至固执地认为，钢筋水泥是乡村的天然敌人。我的故乡梦几乎全是在小路上、炊烟中。

  土地是生命的最后归宿，她孕育了世间生命，然后又一个个地收回她怀中。从乡村出走的一代或二代，几十年过去后，他们再踏上故乡的土地，唯一的理由就是凭吊——除了吊唁父母，还有这块土地。父母的离去，也会把他们心中的这块土地一同带走，留下一个跟我一样的梦中故乡。

  几十年或几百年甚至更长的时间，那时没了我，也就没了我的故乡，但这山这田土还在。仿佛趁着我还在、我的故乡还在时，让我的精神、我的灵魂提前几十年或几百年回到这片土地上，我看到两个不同的版本。

  第一个版本是回归自然，我被灌木和杂草困住的林子，泥土里散发出湿腻腻的陈腐气，树干如中年男人的啤酒肚，上面长着带水珠的绿苔，藤蔓一圈一圈地缠绕，我仿佛迷失在林海无崖的原始森林里。除了森林、灌木、杂草，找不到田野和道路。田野不再出产稻子，村道也不再是人类独占的小路，它们身上覆盖着一层大约 2 厘米厚的丛树须或树叶，里层开始腐烂，外层仿佛刚从树上掉落，双脚踩上去的感觉绵软如毯，时不时还冒出水珠，落叶上还有碗口大的蜘蛛网。一栋三层小楼，屋顶边缘站立着一棵青松，仿佛耸立在悬崖上迎风飘荡。我们生活的 20 世纪，故乡鲜有松树，不知松树是在什么时候用什么方式在屋顶上生根发芽的。一丛冬茅草几乎把整个窗台当成了家，长长的冬茅叶伸出窗口，叶尖贴到了墙壁上。贴着瓷砖的墙壁上也爬满了绿叶，屋前的走廊上、门旁，绿苔虽贴着地皮生长，但也不甘示弱地和那些比它高大的植物争风。每一栋楼房都和田野一样，成了各色植物的生存基地,根须获取养分的大本营。从一公里外的县道走进来,除了从山林跑来的动物们,见不到能和我互通情感、言语的同类,就算林间飞出一只野鸡或大鸟,翅膀啪啪地一响,瘆得毛孔全都像嘴一样张开。

第二个版本是盼望征收的人,如愿地从某个富翁手中接过一沓能快活半生的人民币,我的故乡从此走完了两千多年自给自足的漫长旅程。田野成了温室大棚,几百亩土地由一个操作室指挥。天凉了,加温按钮送来温暖;地干了,加水按钮哗哗地下一场及时雨,雷电、风暴成了永远的缺席者。每一株葡萄或者其他植物的隐私都暴露在电视屏上,任人观赏。一年四季,只有在收获季节,大棚里才散发出人的体温。偌大的一片土地,也就是曾经一个家庭的人口在劳作,还不是人口众多的大家庭。还有工厂,让大棚里的果实获得了第二次生命,丑小鸭变成了白天鹅。

几十年或几百年后的两个版本,有个共同特点,找不到神农氏传下来的农民影子。我心目中的农民,是自给自足的农产品生产者,日出而作,日落而息,迎着炊烟回家。参与市场竞争,有明确分工的农产品生产者,本质上已经脱离了神农氏,就像传统的泥瓦匠和今天的建筑工人,他们的目的都是让人类居住,但各自的技能却有本质的区别。童年时,我在双众十七队,看着泥瓦匠凭一把砌刀、一双手、一根绳子、一双眼睛,一面二三米高的土砖墙便立在四周毫无遮挡的空地上,站在墙上如立悬崖。还有乡村的铁匠铺,这是乡村一道已经消失了的风景。一个火炉、一个铁砧、一把锤子。一块灰黑的生铁丢进炉膛,呼呼的风箱声助长火苗的气势,灰铁便成红铁,铁花在铁锤下飞舞,火星朝四周迸射。我喜欢躲到安全的角落,看师傅钳子下的生铁变成一把锄头或者菜刀。我曾有一把在乡村火炉里锤炼过的菜刀,磨了又用,用钝了又磨,反反复复二十多年,后来我在超市买的品牌菜刀，一般只能用三五年。我想再买一把那种能反反复复磨的菜刀，这个愿望也像我想回到童年一样。不只是菜刀，乡村的油榨铺、水车、风车等一道道农耕文明的风景，都被移到了博物馆里，成了古董里的新宠。

我以前把淘汰的功能片面理解为优胜劣汰，字典上也解释为去掉坏的留下好的。淘汰真这么简单吗？生命的传承也是淘汰方式，更是结果，有上一代的淘汰，才会有下一代的传承。

我在双众二小读书时，每年都要参加联校运动会，接力赛跑是保留项目。体育课初次训练时，接我棒的同学由于体弱，全班跑步次次垫底，我怕他影响全队成绩，便帮他跑了半程。我们队虽然跑了第一，但老师发现后说违规，算最后一名。老师说："每人的使命就是一棒，体力最好也得交棒出局。"

我儿子是九〇后，二十出头，他有个观点，或许是从书本中得来的，不管是从哪儿来的，都迫使我调低了做父亲的姿态。他说："人类社会不是根据人的主观意志发展的，而是大自然的产物，有什么样的自然界，就有什么样的人类社会，人类才有什么样的需要和相应的文化。"近百年来，多少东西文化之争，其实各自都把华丽的宫殿建在井底。

岳阳往南 50 公里左右的汨罗江畔，一古遗址史称罗子国，一条两千多年前的护城河，她现在的名字叫李家河。如果我的关节韧带足够柔软，并且从小又练习跳远的话，肯定一步就能跨到对岸。这条被人小看的河汊，她现在也只配叫河汊，然而，她祖先的威武和荣耀，今天我们不管做出什么样的想象都不过分。二十六万多平方米的繁华，就由她承诺安全保障。据史学家推测，罗子国的光芒最强劲的时代是春秋中期，两千多年的农耕文明，罗子国也是奠基者之一，她交出农耕文明第一棒后，部落社会也就走完了最后一步。没有部落社会，人类或许永远在森林里裹树叶、吃生食，与畜为伍，而汨罗江边的罗子国如果贪恋她原始的繁华，也就没有"郡县制"这一历史名词了。

　　我站在灌木丛中已找不到童年的小路，找不到童年的双众十七队，就如我站在罗子国遗址上找不到当年的罗子国一样。正因为找不到过去，才找到从过去走来的、和过去有着千丝万缕关系的一种新文明。或许那时不再叫文明，其实叫什么都行，都与我们无关了，如果我们非要设想之间的关联，那就只剩源头了。

一朵饰品

一

安安静静的。一切都安安静静的。没有鞭炮，没有音乐，也没有鼓乐，只有亡者的魂灵，悄悄地和喧闹的尘世告别。我仿佛看到了亡灵的安详和微笑。很好！的确很好！一个肉体从呱呱坠地的一刻起，就掉进了喧哗的包围圈，最后被裹胁，一生无宁日。当肉体告别尘世，送给亡灵一刻安宁，这算不算一份功德？我说不上来，但是，我以为至少是对灵魂的抚慰和关怀。尘世的喧嚣，宁静成了肉体和灵魂的奢侈品。就让亡灵奢侈一次吧。最后一次。

这天，我是在广西柳州送别88岁的婶婶。灵堂设在她曾经的卧室。与婶婶生前有关的物件，除了一个四十多年前的五屉柜，其他的为留一个宽敞宁静的告别空间，都含泪舍去。婶婶浓缩到了五屉柜上的照片里。从此，婶婶想看看她的儿孙和侄儿、侄女们，只能通过这张相纸了。我们也只能面对这张相纸陪她说说话。婶婶为儿女、侄辈操心，把一颗心操得像宇宙一样大，这一刻她终于能静下来享享自己的福了。五屉柜旁加了一张小方桌。小方桌上燃着香烛，她知道我们在陪着她。我们用心和她说话，她享受寂静，却不寂寞。见不到香烛的燃烧，却见一缕缕丝一样的薄雾，在我们眼前飘动。

距春节不到一个星期，空气里又增加了新的嘈杂。我们早上7点在湖南岳阳，晚上6点才一口气完成九百多公里的"奔跑"。婶婶的肉身第二天就要进火化炉，回归于大自然，我们兄弟就在她睡过的卧室里，陪着她。我知道，她就在五屉柜上的照片里看着我们。她在笑。我知道是她的心在笑，她的魂在笑。人类的耳朵里储存的全是噪声，婶婶终于不再用耳朵了。阳世间的噪声，阻挡着一颗心与另一颗心的交流，我们却无法抛开它、越过它。是我们抱着那噪声不放，还是它抱着我们不放？这是一道难倒世间无数聪明人的题目。总之，能彻底抛开噪声的人都不在阳世了。阳世间的人，都只有一根筋。婶婶彻底放手了，我们用心交流，默默地。

不知柳州冬季夜空中有没有虫鸣、鸟唱，但那晚，宇宙仿佛被隔音材料封闭了，没能力再传输任何声响。婶婶的家在峨山脚下，不到一公里就是柳州火车站。火车仿佛停止了运行，车站关门大吉似的，所有繁忙的热闹、嘈杂都隔离到了宇宙之外。身旁人的呼吸声和冥钞燃烧的"嗞嗞"声，陪伴了我们一个通宵。

在我生活工作的湖南岳阳，子孙孝与不孝，丧家的脸面，都由分贝高低来决定。100分贝才及格。灵堂里散发出歌舞厅的气息。100分贝的《妹妹找哥泪花流》《黄土高坡》《送战友》，像无数把打在水泥墙上的屯锤，零乱的声波一齐在四周发酵。鞭炮把灵堂变成了战场。灵堂沦陷了。炮声和烟雾肆意玷污听觉和视觉，思维迷失了方向，不知自己到了什么地方，在这里干什么？炮声和烟雾消失后，才发现空气的原子结构被篡改成火药结构；脚下全是淡红色的纸屑。

到了我这个年岁，父母也到了阎王不请自己去的时候，出入丧葬场所就像拉肚子进厕所一样频繁。我曾坐在响彻歌声、鞭炮声的灵堂里，心里一阵阵地难受。我承受不了那一百分贝之上的噪声，像流水一样经过心脏。难受的噪声，消灭了我心中为亡者离世的那点哀思。花圈上一个个黑色的"哀"字和一副副挽联透出了悲伤之痛，然而，这一刻它们也糊涂了，怀疑自己的存在是不是有些不合时宜。生离死别是生命中最沉重的痛。最亲的人，最爱的人，从此阴阳两隔，有如不打麻药从心头挖去一块肉的感觉。我看到的是热闹加炫耀，看不到那沉重的痛。

在上一首和下一首歌、这一串和那一串鞭炮的空隙里，我的思维仿佛又回到了灵堂。我替那正在升天的亡灵忧虑，升天的路上，被尘世高分贝的歌曲和鞭炮声干扰。假如真有天堂，那些本应进入天堂的亡灵，会不会因此而误入地狱？假如人类真能转世轮回，那些本应在申时转世，会不会因此而耽误到亥时才转，结果误了一个幸福人家？

七月半祭奠祖先时，外婆总是交代不要出声，说声音是阳世间的气味，阳世间的气味重了会惊吓到祖上的魂魄。外婆制造的神秘气氛，连空气都在寂静中肃穆起来。这歌声和鞭炮，应该也是阳世间的气味吧！

对亡者的吊唁和祭奠，就形式来说，如今在我这里不关信仰、不关宗教、不关道德，只是生者对逝者的一种情感表达；在未来见不到亲人的日子里，强化一种记忆。人类创立的阳世阴间之说，是让吊唁和祭奠形象化、具体化，保证连续性和可行性的运行机制。

二

死神是长着獠牙的恶魔，生命的死敌。十多年前，我还不明白每一个生命就是一朵鲜花，也不明白地球与生命的关系，总以为地球是人类的地球，是用来踩踏的。我是在这样一种文化下长大的。受这种文化熏陶的人，不可能从容、安定地面对死神，慌乱、痛苦才是正常状态。

死亡真的可怕吗？没有在死神身旁溜达的经历，我不习惯妄下结论。我亲眼见过两个生命的离去。父亲和岳父生命的最后一刻，我守在他们身边。我亲眼见到他们被死神带走。他们不想走。我们声嘶力竭地呼喊着："爸爸！爸爸！"我们只是死神带走他们的见证人。我们能做的就是呼喊。死神要带走人的生命，就像人要一只鸡的生命一样。

父亲随死神而去时，我只有14岁。父亲走了40多年。如果不看父亲的照片，我脑海里早就没了父亲的容貌。而父亲临走时的两滴眼泪，却像山泉一样流到了今天。父亲刚走的那些年，那两滴眼泪是挂在眼角上的。三四十年后，两滴眼泪像河水泛滥一样溢到了脸上，直至满脸都是。眼泪把父亲的脸形都泡没了。一到某个有纪念意义的日子里，只能用照片来修补那泪水下面的面孔。

岳父去世已有500多个日子了。在我的感觉中，500多天浓缩成了24小时。500多天，就像一幅书法，宣纸上的墨汁仿佛还在流动。我的脑海里，岳父的喉结仍在起伏。呼吸急促时，喉结像山峰一样凸了起来，呼吸缓慢时，喉结又缩了回去，喉结像水管一样平坦。死神带走岳父前，先是让岳父的视线与阳世隔绝。我看到岳父想撑开眼皮。他想看看身边的儿孙们；这个世界他还没看够，舍不得把眼睛闭上。但是，上眼皮像座山一样往下压，岳父还击的力量比小虫子还弱。岳父的喉结猛然往上弹了起来，如驼峰一样挺立。当时我不知道这是岳父最后一次运用全身的力量把上眼皮撑了开来。上下眼皮之间只有一丝小缝。现在，我回想当时的情景，觉得岳父最后看到的世界，也许是扁的，他身边的人和物进入他的视线时，都被那丝一样的小缝压扁了。那条小缝里流出了一缕柔弱的光，那是岳父生命里的最后一道光。几十秒钟，绝对没有一分钟，岳父的上下眼皮就合拢了。岳父虽然闭着眼睛，但他仍在和死神搏斗。他想说话，想和儿女们说话，想和这世界说话。死神把岳父说话的大门关了。岳父仍想用喉结聚合全身的力量，向被死神关闭的大门冲击。5次、8次，抑或是更多，但岳父的努力都失败了。喉结每一次往上凸时，嘴里仍吐不出一个完整的词，有时什么声音也没有，只见嘴唇在动；有时随着嘴唇的抖动，发出我们听不懂的半个音节。我把耳朵靠近岳父头部，听到了微弱的一声："啊"。一个人的脸和眼睛也能说话。嘴里的话往往真假难辨，脸和眼睛只说真话，还常常泄露嘴巴的秘密。死神威胁到岳父的脸、眼睛和嘴巴，让它们组成了统一战线，封杀岳父和阳世间的交流，把岳父要说的话都封在他心里。我相信，那时岳父的心里是敞亮的，仍能思索出人世的事理。这时，死神还没对岳父的听觉系统下黑手。岳父的两个耳朵坚守在岗位上，并在兢兢业业地工作，把亲人们一声声焦虑的呼唤如实地传至心坎。此刻，岳父唯一能做的，唯一的表达方式，就是用喉结来回应亲人们的呼唤。亲人们的呼唤，像一把锤子，每一锤都落在他的心坎上。呼唤的锤子下得重一点，岳父的喉结就凸得高一些；呼唤的锤子下得轻一点，喉结的凸动就弱一些。这场生命的搏斗，延续了一个多小时，岳父最终还是向死神缴械投降了。不管亲人如何哭泣呼唤，岳父的喉结不再有任何动作了。那喉结仿佛累了，要休息了，渐渐地睡觉了。岳父的喉结不再往上凸动时，他的眼角向亲人们做了最后一次回应。像我父亲临走时一样，挂着两颗晶亮的圆圆的水珠。

三

灵堂里，开始是五个男人给岳父做道场。我不说五个和尚或者五个道士，是我对他们的身份存有疑问。他们自称念的是佛，但做派又像是道。深夜两点，走了两人。这时，陪在灵堂里的人也只有岳父的儿女们及孙辈。一个木鱼、一付钞、一面鼓，三个身份不明的男人，边敲边哼。其实，我也分不清他们是哼还是唱。既像唱又像哼。哼什么唱什么，我一个字也没听明白。从头到尾都是岳阳方言。我在岳阳生活了三十多年，虽仍不能说本地方言，但是，对本地方言的听觉，也锻炼得和土生土长的岳阳人无异。我曾经在别人的灵堂里问过说一口岳阳方言的同事，他也说一个字都听不懂。我觉得，那又像哼又像唱的言语，是把一个完整的音节，一半留在口里，另一半从舌头下转一圈，再从口腔里吐出来。听不懂才是对的。他们不是说给阳世间的人听，而是说给阴间的亡灵听的。

果然是说给阴间的亡灵听的。后来，我和其中一个聊到了佛。我问他什么是佛。他只知道释迦牟尼。我凭对佛的一知半解，让他像遇到了知己似的，要是换一个场合，换个身份，再加上一身和尚行头，说不定他就要拜我为师了。我问他："你们口里又哼又唱的是什么？"他说："不是哼，也不是唱，是念经。劝亡人高高兴兴地离开阳世间。"他还说，"要是肉体没了，灵魂待在阳世间不走，阴阳相混，就会伤害阳世间的人。"他把他念的经文，用岳阳方言（他只会说岳阳方言）和完整的吐词方式，翻译成了阳世间能听懂的话。经文的名字叫："劝亡人"。他们边哼边唱，七八个小时，翻来覆去就是这样几句话："秦始皇寻找长生不老药，千辛万苦，也没能做到长生不老，最后也得离开阳世。阳世有什么好？那些贪官最富有，最风光，也被包公一刀铡了。你看，董永多好！他从阳世到极乐世界，过得多么幸福？放心去吧，不要回头，不要留恋。极乐世界的日子比阳世好多了。不去过好日子，留在阳世不走，害人害己。"

标榜的和现实的背道而驰，我本不应大惊小怪。我们这一代人早把言行不一致当成了常态，而且还铁了心地相信。他们标榜师出佛家，念的却不是佛家的经。我的宗教知识浅薄，对佛、道、基督诸教，仅能厘清一个基本轮廓。我从这段"劝亡人"里看到了一个怪胎，佛、道和基督的杂交。

劝是警告的前奏，劝不成功，就要警告了。有如阳世间的在职人员，犯了错误，先是批评教育，再不改正就要受到处罚。亡人到阴间后，是进天堂还是入地狱，这不是亡人自己能决定的，还要阎王爷来判。面对不明朗的未来，亡人自会犹豫，他们怕入地狱，便偷偷地留在阳世间作孽。这就要劝，劝他们走。劝不走，道士就要作法。道士从不把阴间当极乐世界。如果阴间是极乐世界，道士就失业了。要是进入极乐世界，亡灵们肯定会竞赛着看谁跑得快。谁也不愿意做傻子。

佛是觉悟，觉悟了，生和死就相通了。佛徒们从不怀疑人有前生后世。前生后世的转换，肯定有一时的生疏，就像年轻人初入职场，期盼贵人扶助。佛教把死到转世前这一段设计为中阴。中阴就成了一个人最无助的时期，也是需要贵人扶的。佛说，我就是中阴的贵人。七七四十九天的超度，就是对亡灵充满了爱、关怀和帮助。佛对亡灵从不恶狠狠地劝告和威胁，他的经总是念得让人心动。

四

书上说孔孟不谈鬼神，孔孟的书我只读了皮毛。从小就被灌输无神论的思想，尽管心里没有神，却有鬼，以为人死后就变成了鬼。我从小就谈鬼色变。我不到13岁初中毕业，辍学在家。那段时间，在一个建筑工地做小工。用扁担挑着两个装灰浆的小桶，从跳板上送到砌匠师傅的身边。晚上加班回家，经过一片黑漆漆的坟地。那是一片乱葬岗，除了坟，看不到一块巴掌大的空地。都说那里全是孤魂野鬼。穿过那片乱葬岗时，我吓得双脚发软，总觉得一座坟里就有一个鬼，鬼就在我身后，那是千军万马，后面全是脚步的声响。被鬼跟上的人不能回头。但我不知道为什么不能回头。老人们都那样说，尽管我想回头看看后面到底有没有鬼，但我不敢。我拼命地往前跑，边跑边哭了起来。砌匠师傅说，鬼怕铁，有四两铁在手，鬼就不敢近身了。我挑浆桶的扁担上有两个铁钩。我把铁钩取下来，用秤称，一个钩就有半斤。晚上再经过那片乱葬岗时，把扁担扛在肩上，一手握一个铁钩，口里念叨着："我手里有铁，谁要是敢来，肯定要他死。"果然，身后就没有脚步跟着了。一路上我的脉搏正常了，心也不乱跳了。仿佛那些坟堆都消失了。

我朋友的爷爷出殡时，他姑姑遇了"杀"。我的故乡说"杀"，就是被鬼施了魔法，还有一种说法是鬼上了身。丧事刚办完，他姑姑就精神失常了，口里说一些人人都不相信的鬼话。"爸爸坐在沙发上等着吃饭。"其实，沙发上除了几个沙发垫，什么也没有。"爸爸孤零零的，早已去了那个世界的爷爷、叔爷爷、舅爷爷们都不理睬他。"他姑姑说着说着就哭了。从此，他姑姑的哭和笑，常常是颠倒和混乱的，也不讲究中间的情感过渡了。

我也遇过"杀"。大厂同事的爱人，从尿素造粒塔上跳了下来。同事的爱人不到40岁，年轻鬼又是个女鬼，还是自杀的恶鬼，按照我故乡的风俗，这种鬼的"杀"气是普通鬼的几倍。我在殡仪馆吊唁后，正准备离开时，鞭炮声突然从空中传来，集中成一点，击打在我的小腿上。那一击，像颗石子打在了我的筋脉上。不怎么痛，倒是一阵未曾经历过的颤抖，从下往上，一直抖到头上。心里下意识地说了一句："碰上鬼了。"就是心里这句下意识的话，让我产生了无边际的联想。我的思维系统突然山崩似的，全不按建立了近40年的系统运行。我不知道大脑里是不是多了一块电视屏幕，或者过去就有只是没有打开。视频上放的都是与鬼有关的恐怖镜头。镜头与镜头之间，没有相互联系，更说不上逻辑连贯了。想把那些鬼怪镜头关了，又仿佛遇到了电脑上的"流氓"软件，任我如何点击，都好似点在石头上。我想像切断电源一样，让那视频运行不起来，却又找不到电源。两天，48 小时，至少不停地放了 40 小时。两个通宵，睡眠远远地看着我，我想它，向它招手，它就是不近我的身。我有时和睡眠对视着，有时闭上眼睛不看它，但都不行，只要那些鬼镜头在脑壳里上演，它就不和我合作。我的眼皮发酸到疼痛。

鬼怪画面，恐怖的面孔，每一次播放，都是一次下载。这些垃圾文件，把我的脑壳挤得快要炸裂了，不停地膨胀，我近乎疯了！那个从造粒塔上跳下去的女人，纠集了全世界的妖魔鬼怪，想长期霸占我的大脑，控制我的思维。它们知道，要达到目的，就必须全部摧毁我原有的思维系统。

前两天，我一直溃退，没有任何抗争、反击。反击是从第三天开始的。我密集地、不留空隙地，而且是全天候地向大脑发布命令：我是无神论者，世界上根本没有鬼怪。所谓阴间是人类自己的想象，根本不存在。几千年来，阳间一代代地生育，死后都去了阴间，要多少个地球才能承载？人类的肉身，和鸡、狗一样都是物质组成的，一切有生命的物质都是由物质组成的。肉体的消失和树木的消失一样，水分被蒸发升到了天空，剩下的混入泥土，最终也变成了泥土。从开始反击，到睡眠的到来，有 10 多个小时。这 10 多个小时，我整个生命意识里，全部贯穿了我向大脑发布的命令。到睡眠来临时，我的命令基本上覆盖了妖魔鬼怪的镜头。

两天的溃退，我足足花了五六年时间才修复如初。那些年，看到单位墙壁或手机上朋友们发来的讣告，被我打败了的妖魔鬼怪，还会见缝插针地来骚扰我。我每去参加吊唁活动，就像新兵深入敌战区，临行前要壮一身虎胆。岳阳的风俗，好朋友的家人去世，都去灵堂坐夜，陪伴亡灵一个通宵。那几年，就算是最好的朋友家人去世了，我也只是在灵堂给亡人磕三个头，点个卯就往回走。我不知朋友如何看我。这是我的隐私，也不便明说。就算说了，也未必有人相信。

在那几年里，我不敢去碰触那块伤疤。我灵魂上的伤疤。我的灵魂总是绕着它，回避它。我担忧思维系统再次崩溃。伤疤彻底愈合前，见到死字，都要触痛那块疤印，更不敢想象，写出今天这些文字会出现什么后果。

五

索甲仁波切在《西藏生死书》中说："佛教把生死看成一体，死亡只是生命另一章的开始。死亡是反映生命整体意义的一面镜子。"在索甲仁波切那里，死亡的意义在于新生，是命运的重新洗牌。如果真是这样，对底层，对命运舛逆的人，就成了一件喜事。我的出生地和居住地，都有把老年人的丧事视为喜事的习俗。在喜事上加了一层白色。我不知道，洞庭湖一带的白喜事，与索甲仁波切的生命另一章的开始有没有关系。也许，那高分贝的热闹，就是因喜而生。

一种习俗的形成，就像水滴石穿，是由几百年或上千年的时间力量来完成的。无法用一句话或几句话，像展示某件商品似的，让人们看个明明白白。历史的、文化的、地缘的因素，像迷一样只可意会，如达到了一定艺术高度的小说和散文，有着庞杂繁复的内涵，简单地用中心思想论处，有可能会丢了艺术的品质，进而会失真至面目全非。

有文字记载的2000多年历史，人类始终是为了生和死而忙碌。一种循环的忙碌。中国历史上，影响世界的四大发明，其中火药和指南针，最初都是替生死服务的。火药的祖先是丹。丹曾经给帝王们一个长生不老的虚假承诺。几乎每个朝代,都有皇帝做过长生不死的梦。那些建在深宫里的炼丹炉,最终都没炼出长生不死的药,倒炼出了能摧毁一切生命的火药。

　　昏庸的君主不一定残暴,暴君与昏庸必画等号。不知道唐朝时不时兴奖状、奖杯,表彰之类的事情。如果时兴,那李世民应该获得唐朝所有的奖状、奖杯。一个财富丰盈、强盛的军事帝国的建立,李世民应获首功。就是这个李世民也凑长生不死的热闹,可见这长生不死的诱惑,让聪明人也变糊涂了。李世民一生中,指东要东,指西得西,没有不可征服的国家,对兄弟、父子的情谊也可以挥舞征服的魔剑,最后,唯独不能征服的就是死亡。人为什么要死?这让他困惑和苦恼。死的困扰,让李世民像懦夫一样胆怯、无能,曾经能撬动地球的帝王风度也烟消云散了。透过那些发黄甚至发霉的故纸堆里的资料,我的视线穿越到了公元640年,看到了李世民跪在死神的大脚趾旁,乞求死神开恩,让他长生不死。李世民不知道,自有地球以来,死神就掌管地球上的所有生命,绝对公平公正。哪怕李世民用半个唐朝贿赂,也得不到长生不死的承诺。李世民至死都活在长生不死的梦幻中。他要是从长生不死的梦幻中醒来了,就会给他的子孙留下不要再乞求死神开恩的遗嘱,李家子孙也不会一代一代地跪在死神面前乞求赐予长生不死。南唐开国皇帝李昇在生命最后一刻,总算有了些觉悟,叫子孙们不要再做长生不死的梦。这是一笔从精神到物质的巨大财富。南唐皇宫里的炼丹炉,从此烟消火灭,炼丹工人们也只得另寻他业。

　　我不知是谁设计了生死流程,也不知道是谁把每一个刚诞生的生命,就推向了死亡的宿命之路。我们常常感叹,不死多好!活着多好!每到春夏交替之季,书房窗外怒放的鲜花,让我看到每个生命都有最璀璨的一刻。每朵鲜花,都是辉煌过后便融入了泥土。那是终极的辉煌！其实，每一个生命都是一朵饰品，用来装扮地球的，地球也因此而丰富、多彩；那一刻，饰品的璀璨、鲜艳点亮了生命的辉煌，点亮了我们赖以生存的这个蓝色星球，人生的意义便写入了生命的史册；人生又是一场接力赛，上一棒的命定会影响下一棒的成绩，如何交棒才会让怒放的鲜花更加艳丽，这可能才是人类世世代代无法穷尽的追求。

去找浆村

那是阶级斗争的弦要迸出火花的年代。在批斗父亲的大会上，我意外得知爷爷是反动军官，便问父亲，父亲说，被抓了壮丁。问爷爷的老家在哪里，父亲只说醴陵那边。醴陵那边只是一个大概方位，何况那时我对醴陵在东南西北的什么地方根本弄不清。再追问父亲，他仿佛比我知道的还少。父亲49岁去世，有关爷爷的信息，在父亲那里已画了句号。叔叔80岁生日时，我们去广西柳州祝寿，又得到了一些线索。叔叔说，你们爷爷是黄辅军校毕业的，老家在株洲酃县。酃县是以前的县名，现改为炎陵县，距井冈山60多公里。再问详情，一筒豆子倒光了似的没了声息。

爷爷和他的故乡之谜，我到了50岁还未解开，不但未解开，从母亲的零星叙说中，又增加了新谜团，如父亲的身世。熟悉父亲和叔叔的人，都说他们是双胞胎，但父亲一直存有疑虑。我见过的奶奶不是亲生奶奶。她曾是爷爷的二房。

早些年，在广州读研究生的外甥女石慧，百度出黄辅军校第六期教职员工花名册，从中发现了爷爷的名字和他留下的通信地址。"中校战术教官孟光汉，字剑寒，湖南酃县水口圩邮局转。"再搜，又发现爷爷毕业于保定陆军军官学校。之前，我们这一房的孙辈都不知道，他的名字叫孟光汉，只在墓碑上看到孟剑寒，就以为那是他的名字了。

父亲上幼儿园时，有个中年妇女，经常等在门口给他包子。奶奶知道后，中年妇女就再没来了。奶奶对父亲说，那是个疯子，不要理她。自此，父亲就认定送包子的女人是亲生母亲。父亲推测，送包子的女人是他的亲生母亲，不是叔叔的亲生母亲，要不，为什么只给他送包子，不给叔叔送？父亲的心坎上塑起了一尊亲生母亲的雕像。一个女人，望着自己的亲生儿子，却不能相认，眼睛里一定装满了痛苦和期盼，还透着凄凉。上幼儿园的父亲，大概也就是四五岁，四五岁的小孩不可能观察得像我想象的这样仔细，但他能从包子里感受到女人的母爱。

今天，我用想象来还原当年那一幕时，心中生出一丝战栗和酸楚。我不知什么时候萌生了帮父亲寻找亲生母亲的念想。父亲成年后，在阶级斗争的高压环境下不允许他再四处寻亲。寻亲未果便成了终生遗憾。我知道，我即算圆了父亲的憾事，也不会产生实际意义，无非就是荒冢一堆。但圆了父亲的心愿，是对亡灵的告慰。是儿女们对他唯一的回报。

再大几岁，懂事后的父亲开始寻找亲生母亲。父亲考上长沙师范学校，读书期间，还在不停地登报寻亲。父亲不懈地寻找亲生亲，和奶奶不睦的关系摆到了桌面上。父亲要读书，奶奶不让，把他送到醴陵当学徒。奶奶送父亲去醴陵学徒，爷爷刚过世。父亲同意去醴陵学徒，也是为了寻亲。父亲在醴陵多次代人参加入学考试，所获回报，一半用于寻亲，另一半作入学长沙师范的费用。寻亲成了父亲生命的一部分。

爷爷部队的一位副官，父亲叫他王叔叔，是宁乡枫木桥牛角村人。父亲的这位王叔叔在牛角村替爷爷买了土地，爷爷便将家安到了宁乡。爷爷为什么把自己最后的归属定在宁乡，而不是他的故乡浆村？据我们推测，与两个奶奶争夺爷爷的战争有关。父亲寻找的那位亲生奶奶，输了战争，却赢得了爷爷和父亲的后援。据说，那位亲生奶奶最后孤零零地回到了罗霄山脉脚下那个小盆地。爷爷人生中的这场尴尬，也许就阻断了他回乡的路。

那时，日寇占领了大半个中国，铁蹄已踏到长沙门外。爷爷早把妻儿疏散到了宁乡。

父亲擅自开仓卖了两担谷，离家出走寻亲，偷偷回了长沙。父亲到长沙时，日寇的铁蹄已进了城。他心怀着寻找亲生母亲的强烈愿望，却不知从何寻起，而爷爷带领的部队又往浏阳方向撤退了。父亲成了长沙街头的流浪汉。大半年后，父亲在街头巧遇乔装进城的爷爷部下，才算结束了流浪生活。

父亲说，整个夏天，就一条短裤，脏了跳进湘江，洗了挂在树枝上，晒干了再穿上。父亲有两大特长：一是游泳；二是打篮球。母亲说，单位篮球比赛，父亲不到就开不了场。我见过父亲游泳，印象中蛙泳、仰泳、潜水，什么都会。他的游泳本领，是那个夏天从湘江练出来的。

流浪时，父亲住在长沙城郊废弃的寺庙里。一伙耍猴的艺人也住了进来。父亲见猴子学人的模样抽烟，便找了一个鞭炮，包进喇叭筒里（一种自制卷烟），点燃后，他抽了一口，就给了猴子。猴子接过烟，学父亲的样子，放在口里用力一吸，第一口没事；第二口鞭炮点燃了，一声巨响，猴子的嘴唇炸伤了。后来猴子一见父亲就躲。

父亲还说过刚到宁乡的恶作剧。牛角村的家，在一个小山窝里。家门前有一个3米多高的坡，一个道士，夜间常在坡下路过。有天晚上，父亲藏在树下朝道士扔沙子，道士站住，看了看周围，不见异常继续往前走；父亲又扔，道士再次停步，又往周围看了看，还是不知沙子从何处来，便作了一阵法，以为平安了又往前走；父亲还扔，道士很认真地又作了一阵法。连续几次后，道士见无法止住从天而降的沙子，拔腿便跑。从此，晚间的路上就少了那道士的身影。

父亲的倔强与顽皮，是缺少母爱造成的。这是不是必然选项？我没有心理健康方面的专业知识，也没咨询过心理医生，不能下明确结论，只是在我的内心里有这种倾向性的认识。送包子的女人突然消失的原因，父亲年纪稍大一些，肯定会通过想象和推测去寻找。也必定要怪罪那个不是亲生母亲的娘。父亲的倔强和顽皮，是一种反抗，更是一种报复。所有的反抗和报复，都是指向那个不是亲生母亲的娘。这种长期的倔强和顽皮，导致了他的暴躁脾气。印象中父亲一生总是憋屈和不顺。我少有的几张照片，他都是眉头紧锁，仿佛心中有个结露到了额头上。

叔叔与父亲性格的截然反差，无法让人相信他们是双胞胎。叔叔说话声音很轻，尤其是尾音，渐渐变小至无，如果用形象表示，如尾巴似的。叔叔的钢笔字像字帖，我很喜欢，小时候还练习过他那种字体。我觉得每一笔每一画，都如鹅毛要飞上天似的。如果用一个字来表示他们兄弟的性格差异，叔叔是轻，父亲则是重。究竟如何重，我找不到有细节的记忆，只有一些模糊的概念。父亲的学生见到他，都像老鼠见到了猫。我在新浪博客上遇到过父亲的学生。父亲的学生说："孟老师上课，最顽皮的学生都不敢乱说乱动。"最后还加了一句，"你父亲脾气好暴躁。"父亲的茶杯里一半水一半茶叶。有个老师喝了一口他的茶后吐了，说好苦。我不记得父亲说了什么，估计父亲说了得罪那个老师的话。后来父亲被批斗，有一股暗流就是从那个老师那里来的。

父亲死于肺癌。父亲随死神而去时，我不到15岁。父亲临终的两滴眼泪，在我脑海里像山泉一样流到今天。年少时，我把那两滴眼泪理解为父亲对人世间的眷恋，对妻儿们的不舍。年纪大了，才明白，那两滴眼泪里有更复杂、更多的内涵。两滴眼泪也许就是两个偌大的容器装着他一生的遗憾。

奶奶住在叔叔家里。我13岁见到奶奶时，还以为是亲生奶奶。这之前，我没有见过奶奶，好像也没听父亲讲过奶奶，在意识里几乎没有奶奶这个人。父亲不承认她是亲生母亲的这位奶奶，我却从她那里感受到了祖母的慈祥和关爱。80多岁的奶奶，仍像做母亲一样，把爱分给了我们。我无法猜测她对儿孙们爱与不爱的标准是什么？我没去柳州时，她把作为祖母的爱全部给了二姐。叔叔有四个儿女，最小的是儿子。奶奶把只有二姐能享受的待遇也给了我一份。这爱现在看来似乎简单，就是一些水果、糖、饼干之类的零食，还有一份口头的关心。初中毕业不让我上高中，现在说来理由很可笑，说什么你们家世世代代有文化，再不能让你掌握文化了。于是，婶婶找关系在贵州的一个小县城搞了一个招工指标。在一家大米厂，做装卸工。奶奶坚决不让去。奶奶骂婶婶："把一个13岁的伢子送到山沟里当搬运工，良心被狗吃了。"

有次我从柳州坐火车去昆明，经过那个小县城时，我一身冷汗是从心里流出来的。火车中午到达这个小县城。火车没有停车，但速度慢得像是在两条轨道上步行。我坐在窗口好奇地望着这个差一点和我命运相连的县城。我感觉到这县城夹在两座大山中，两边的山峰被雾拦腰砍断了似的，顶上一截不知被谁拿走了。火车在半山腰走动，我像坐在飞机上透过云雾看县城。县城的规模，不足我家乡的一个小镇。

婶婶多次对我说，你奶奶只对你和你二姐好，其他几个好像都不是她的孙子（女）。父亲和奶奶的关系似水火，就算父亲成家立业有了儿女，奶奶也步入暮年，但父亲心中仍没接受这位母亲。奶奶去世后，母亲曾说，有一年奶奶和你婶婶吵架，要回宁乡和我们一起住，你父亲说，回宁乡可以，住到畔井湾去。畔井湾是牛角村老家屋场的名字。父亲拒绝奶奶应该是在我13岁去柳州之前。有时，我又觉得这奶奶也有可爱的一面，她并没有因父亲不认同她，而殃及孙子辈。

水口是山区小镇。秋收起义队伍向井冈山方向撤退时，在这里建立了一支完整的党的军队，就是红色历史上有名的决议，支部建在连队上。决议是在炎陵县水口镇叶家祠堂做的。有遗址为证。从北京到广州的106国道穿镇而过。这条国道，也许就是给这个红色小镇的回报。

水口再往大山深处走六公里，就是爷爷的故乡，浆村，一村孟氏子孙。

浆村的孟氏祖先，南宋从山东邹城迁徙而来。按族谱推算，我是昭字辈，孟子第七十一代。厚厚的族谱，到现在有十多本：一是太厚不便携带；二是图省钱，只买了两本与己有关的。一个叫孟文学的人，先从山东邹城到湖南醴陵，再到茶陵，最后才在炎陵县水口镇的浆村扎下根来。浆村还有一座孟文学的墓。全村孟氏子孙每年都要去祭拜。墓上的香火像庙里供奉菩萨一样旺盛。墓身前面一排石碑，像历史博物馆，从右至左记载着自元、明、清各朝代孟氏后人对先祖的缅怀。

十多年前，我去井冈山顺道游览了炎帝陵。在炎帝陵看到炎陵五子的故事，其中一个女子就是孟姜女。刚看到孟姜女三个字时，以为是和哭倒长城的孟姜女同名同姓，便好奇地看完了孟姜女的故事。结果可想而知。说哭倒长城的孟姜女是炎陵人。那时我不知道，身体血管里血的源头还在浆村，也不知道这里有一个孟姓的浆村，更不知道浆村孟姓的历史渊源。直觉告诉我，这故事不靠谱。秦朝时南方还是荒蛮之地，这一带恐怕还是原始森林。争抢名人的风气，连山区县城也没放过。

历史上山东是经济、文化活跃发达的地区，从醴陵到茶陵，再到炎陵，不断地往深山里迁徙，沿途的经济、文化在大山的封闭下也一步比一步沉寂。南宋时，山东是金国的天下。孟文学从山东迁往醴陵可以解释为逃避女真人的统治。古代长江以南比北方少些民族之间的火拼，相对安静一些。北方汉人南迁在宋朝也达到了高潮。孟文学的南迁，即使算到今天我们还可以帮他找出理由。孟文学的后代们，为什么要舍弃罗霄山脉的丘陵腹地，而进入深山丛林？他们是不是在寻找一个与世无争的桃花源？如果是这样，那他们千算万算也没算到，他们选择的桃花源，会有一场血腥的杀戮在等待他们的后代们。对祖先们往深山的迁徙，是没有凭据的揣测，真正的动机和原因是什么？找不到文字记载。正因为没有文字记载，今天才拥有无限的想象空间。看来历史也离不开想象，如果历史也有生命的话，缺了想象，便没了历史的生命。

  祖先们一步步走进深山，爷爷却从深山里走了出来。106国道逆着一条山溪往里延伸。清澈的溪水发出叮当的声音。我们坐在汽车上，多半时间只能听到溪水的声音，看不到水的流动。要是没叮当声，就会误导我们以为这是一条长着灌木杂草的小沟。汽车在一处能看到溪水的地方停了下来。这个时候，故乡的映山红已似一把无烟的火，把山头烧得通红，而我眼前的这片大山却还沉寂在一片青绿里，身边那些枞树、杉树争相指向天空，仿佛要去戳破蓝天上的一片片白云。我朝溪水旁的树蔸上撒了一泡尿。溪里的水面也就一尺多宽，但流水的速度和力量似三峡大坝放水一般，蜂拥地往前奔。好像这些水在大山里待厌了，有了出山的机会，便要拼命抓住，慢了机会就作废了似的。

  我站在溪边，想象着爷爷是如何走出这大山的。是在森林间穿行，还是顺着溪水坐船而下？想当年，要从陆路走出这一座座大山，恐怕要有上天揽月的功夫。这深山老林里不会有官府修筑的驿道，全靠一双脚板开山劈岭。水道倒是那个时代的首选。如果时间倒回去100年，这里应是一条奔腾不息的河流。听母亲说，民国年间，外公经商是乘坐船进宁乡城。现在，我在母亲的故乡，看到那条连小溪都算不上的田间水沟，根本不敢联想它昔日是一条繁华水道。八百里洞庭，现在仅存二百多里；洞庭湖和湘江水位，连年都创最低记录，像股市崩盘似的，不知何处才是止跌点。小河有水大河满。大河没水，小河自然也干了。往日八百里洞庭必定有这条小溪的贡献。涓流般的溪水从坡上滚下来，"嘭"地一声摔成了一朵朵白花。我想，即使溪沟里的水像湘江一样奔腾，也无法行船，遇上那个坡，船不碎也会搁浅。中学时看过的一部电影，叫《闪闪的红星》，现在脑海里还留着潘冬子站在竹排上的形象。爷爷一定是坐竹排走出大山的。

　　一个留着辫子身高1.7米以上的男青年站在竹排上。我没见过爷爷的照片或画像，也没听父辈们描述过是胖是瘦，是高是矮，但我感觉他的身高不会矮。父亲1.74米，叔叔也有1.7米多，一个人的身高是有遗传密码的。这大山的环境决定爷爷只能乘坐竹排。他是第一次走出这座大山。那留辫子的青年坐在竹排上的心情是对大山的眷恋和不舍，还是像关在笼子里的鸟突然放飞一样，迫切翱翔于广阔的天空？说实话，单从辫子判断，爷爷当时对外面的世界还处在混沌阶段，很难和各类书籍宣传的那个时代年轻人的革命豪情联系起来。爷爷留着辫子出山，不是我想象的。是叔叔家大姐告诉我的。大姐信息来源于奶奶。据族谱上记载，爷爷毕业于保定陆军军官学校第二期。爷爷应该是1913年走出这座大山的，因为保定陆军军官学校第二期是在1914年初开学。1912年清朝皇帝就搬出了紫禁城，这根辫子明显不合时宜。难怪当时熟人见了会惊喊一声："孟光汉，你怎么还留着辫子？！"

　　一进浆村，我就醉了。美景如酒，清新的空气有如陈年老酒的醇厚清香。难怪祖先跑到罗霄山脉深处，像树一样扎根在花岗岩和片麻岩（罗霄山脉上两种主要岩石）里。村口一座桥，桥下溪水如明镜般照亮眼睛，水流仿佛不动，却似有潺潺声清脆入耳；三面环山，如敞开的怀抱，一条叫辽边的小河，从中穿过，两旁黑黑的泥土，像农家肥似的。这山村确实是桃花园似的人间乐园，清朝末年是浆村的鼎盛时期。现残留的几十座清代建筑门楼，像历史教科书一样，记载了浆村孟氏子孙的勤劳史。

　　去找浆村前，我在炎陵网的论坛上，看到了名叫十八公的网友发的《浆村孟家老屋》的帖子，共有四张照片。从残留的碑楼、屋檐、屋角判断，有徽派建筑的影子。如果把这些残墙断壁还原到一百多年前，也许每一栋都是电视剧里的"乔家大院"。我家的祖屋还剩一个门楼。全是青砖建筑。砖与砖之间的墙缝，是一条条白色的平行直线，历经几百年的风吹雨打，那条白线仍然亮眼。浆村的堂弟孟立平告诉我，以前的浆村，四周有围墙、炮楼，夜晚还有人守更。围墙是糯米加石灰筑成的，坚固度丝毫不亚于今天的水泥。我童年时见过那种糯米加石灰筑成的围墙。有比我大一些的顽皮孩子，用锄头挖围墙，像挖在石头上，冒出一串火星，围墙却没有半点破损。那时的浆村很高傲，送他一个县城都不要。酃县建县时，要把县城建在浆村。浆村人不要县城，不要繁华，只要自己的生活，也许，浆村孟氏的子孙们仍然秉承了祖上遗风，坚守着桃花源式的梦想生活。

　　浆村这个桃花源却不封闭，他的心和外面世界相通。20世纪20年代，浆村有俩人就读于北京大学，都成为了那个时代有名的政治活动家。其中一人还是中共南昌起义25名主要领导人之一。我的叔爷爷，即堂弟孟立平的爷爷，留学日本，只是时运不济，正逢抗日战争爆发，学业未完成就提前回国了。站在辽边河岸（横穿浆村的小河），我感到朗朗书声，还回响在这个小盆地里。朗朗书声是浆村的魂，南宋年间，祖先们把这魂从山东带到了湖南，再在浆村生了根，并代代传承。

　　浆村的衰落在于战乱？我倒不这样认为。浆村的文明也是农耕文明的一部分,他的衰落必然与农耕文明的衰落同步。浆村的破败,那些残留的老门楼、屋檐、屋角,倒是战争机器的作品。从历史的角度看,战争唯一的作用就是破坏,制造一个个的废墟。令人无奈的是,文明的脚步却又是从废墟中踩过来的。

当年,选中浆村这块风水宝地的祖先们,躺在地下看到浆村土地上熊熊燃烧的那场大火,定会悔青肠子,甚至哭干眼泪。红白两军,在井冈山附近拉锯时,那场大火就无法避免了。大火烧了72座带门楼的房屋,爷爷和父亲当年出生的房子,也付之一炬,留下一个残破的门楼,飘飘摇摇到今天。火是浆村孟家后代放的。他把旧世界烧毁后就上了井冈山。也许,他点火时,心里还在想,破坏一个旧世界,去建设一个新世界。

去浆村,也就是去找我的亲生奶奶,替父亲完成他一生未曾实现的梦想。一老者回忆,后面山上有一个尼姑庵,听说庵里有个尼姑曾是孟家的媳妇,到底是不是我的亲生奶奶,她也说不楚清。老者90岁,按族谱排,她和父亲共祖父,和我们血源较近,我们叫她伯妈。除了这位伯妈,其他人都没听说过有这样一个尼姑。

冥冥之中,我感觉到,这位做了尼姑的孟家媳妇,是我的亲生奶奶,父亲一直挂在心中的亲生母亲。一个民国初期的女人,一个做了人家媳妇的女人,因信念而出家的可能性,比红尘中飘着的微粒还小,只有心灵的创伤无法弥合时才会如此。什么比亲生骨肉生生分离的创伤更大?就我对人性的埋解,几乎没有比骨肉分离还大的心灵创伤了。父亲在世时,曾和母亲说过,他的亲生母亲可能出家了。

爷爷婚姻的变故,我们无法重现历史,只是推测。父亲的亲生母亲可能是父母之命,后来的奶奶可能是爷爷自己喜欢的,情与欲导致了一场人生悲剧。故人的事,我们不知来龙去脉,不可妄加评论。亲生奶奶的苦难人生,我们也不能因没有看见而装聋作哑。我唯一能做的,就是找到亲生奶奶的墓地,代父亲向她叩个头,以告慰亲生奶奶的亡灵,后代没忘记她,让那受难的魂灵,得到些许安慰。我只能相信,真有天国,真有灵魂,愿他们母子的灵魂,在天国相聚,唯有此,才是对两个亡灵的慰藉。

那个可能是亲生奶奶的尼姑,什么时候过世的?葬在什么地方?"不知道。"伯妈说不知道,浆村就没人知道了。就连曾祖父葬在什么地方,浆村的堂兄弟们,也是你问我,我问你,最后一齐摇头。我一再要他们帮忙想一想,我知道,我在为难他们。

浆村也找不到亲生奶奶更多的线索,伯妈说的尼姑,也只是可能。我无法让父亲母子的亡灵相聚,无法弥补两代人的疼痛;仿佛看到亲生奶奶的亡灵仍在苦难中煎熬;仿佛看到父亲还在不懈地寻找亲生母亲。年少时,我没这种感觉,年过五十后,这感觉会在我的心里,脑海里,毛孔里,在我身上任何一个部位冒出来,如江南的梅雨,绵绵于心。

耄耋之年

老太太患青光眼，做了个小手术，在医院住了7天。回家后，弟妹们都做她的思想工作，要远离电脑，少上网。对于弟妹们的劝说，她用弱小的声音回应着。老太太88岁时，又住院手术，或许她没有力气大声说话，又或许因为她住院让子女们奔波劳累心怀愧疚。平时，老太太最怕麻烦我们了，小病小痛和她自己能做的小事情从不在子女面前张口。因此，我断定，老太太像乖孩子犯了错似的小声回应，是后一种情况，羞愧的心理无法使她理直气壮大声说出自己的观点，尽管她认为是对的。

老太太说，病房里3个人都是青光眼，她们都比我小，而且都不会用电脑。

弟妹们把电脑当成青光眼的祸首，老太太声音不高，但我感觉为电脑洗脱罪责的决心坚定不移。如果电脑作为祸首的罪名成立，老太太与世界的联系就断了，老天赐给她的美好时光也无处消磨。作为儿子，我自认为还算孝顺，但我也承认，某些时候给老太太带来的快乐不如一台电脑。我每周只蜻蜓一般点点水，而老太太和电脑就像鱼依恋着水一样。即使在睡梦中，电脑也在一旁默默地陪伴着她。

是麻将拉近了老太太和电脑的关系，并成为她依托的朋友。

70 多岁后，老太太完成了带孙子孙女的任务，打打麻将就成了她吃喝拉撒后的全部事业。街坊邻居中和老太太走得最近的自然是麻将朋友。80 岁后，老太太舍弃麻将朋友移情电脑：首先是随性和自由的游戏被麻将朋友控制，失去了自由的空间。老太太多半时间是以赢家的身份坐在麻将桌上，而牌友们约定俗成的规矩，本场游戏的终止权牢牢地握在输家手中，老太太的身体已经不具备打持久战的耐力；其次，常有比老太太小十多岁的聪明人，以为人老必定昏庸，不玩一点小把戏手痒得心中难受。可惜技巧拙劣，老太太心里明镜似的，嘴上虽没生气，但像鱼骨头一样卡在嗓眼里。老太太知道长寿的秘诀是少想事，不生气。明显的欺负，都让她看在眼睛里，老太太还没修炼到绝对不生气的境界。

弟妹们常把老太太的麻将冠军晒在我们一大家子的微信群里。其实老太太获冠军不是新闻，如果她连续三五天无缘夺冠，反倒是新闻，一条让我们无比紧张的新闻。我们不得不警觉是不是感冒这不速之客来打扰老太太了。我不知道是弟妹们把老太太带到这棋牌网站的，还是老太太把他们引进去的，只是弟妹们都比不上老太太的辉煌战果。老太太的冠军是从几万甚至几十万人里，经预赛、复赛、决赛，一轮轮淘汰，成为笑到最后的胜利者。

我有一个麻将形状的充电宝，白色的外壳上面是绿色的繁体"发"字，这是老太太在某次大赛中夺冠的战利品。弟妹们还有老太太的孙辈们都分享过她的战利品，如电吹风、台灯、刮胡刀、几十元到一百元的手机充值卡，还有 5 公斤装的大米和面粉。老太太住在一楼，快递员每星期都要给老太太送战利品，相互熟悉得把电话费都省了，像邻居串门一样，直接送到客厅。有时客厅门没落锁，老太太在卧室打牌累了到客厅休息，只见包裹不见人，也不知快递员是什么时候来的。

老太太的快乐不在于夺得冠军，而是将战利品分享给儿孙们。儿女们有的退休了有的接近退休，她虽老矣，但还是一个有用的人，或许这就是她的快乐之源。一个人活着的乐趣和价值是对他人有用。钱和权力只是对他人有用的工具，如同老太太的战利品。把战利品分享给我们时，宛如时间倒流，她仿佛又回到了充满生命活力的青年时代，我们还是嗷嗷待哺的未成年人，正一排排坐着等大人来分果果。每当这时，老太太的笑容里，全是幸福和快乐，仔细观察笑容上面还浮着一层淡淡的羞云，当年我们兄妹在学校得了奖，或者是她的同事、邻居赞美我们时，笑脸上就会浮起这样的羞云。

　　我赞成老太太的观点，青光眼和电脑像狗和鸡一样，它们不在一个体系，相互间少了一条逻辑链。秦始皇、李世民听从蛊惑相信世上有长生不老药，和今天牵强附会似是而非缺少逻辑链的养生理念如出一辙。某些从商业利益出发的养生，就如古代帝王追求长生不死的炼丹炉一样，给人一种永不生病的幻想。生命是一种偶然，也是一种必然。它和这个世界相生相克，我们永远像瞎子面对大象一样，只能一个局部一个局部地摸索。老太太为电脑辩护，并非电脑是她的好朋友而存私念，而是她清醒地抵制当下的某种惯性思维。

　　老太太的家门口，有一家做老年保健品的商户。很明显，不是专业商场，是生活区一住户捎带做老年保健用品的生意。这种生意全国一个模式，通过授课洗脑，把不相信他们产品的人变成粉丝级的铁杆用户。平时多用一滴水一度电，心窝子都要发颤的老年人，从衣兜里掏人民币就像撒纸片眼睛都不眨一下。

　　那家保健品生意做了5年，周围的老人仍当圣地般朝拜，邻居老太太常来邀请，说有鸡蛋、食油免费领，老太太都不曾涉足。老太太去小区公园散步，每次都能听到房子里的激情演讲，她从没动过心思去做其中一员，虽然偶尔也朝房子里看看。那些像幼儿园一样排排坐的老头、老太太，如果他们愿意听真话，她会说里面没有长寿秘诀，也没有灵丹妙药。

古往今来，所谓高贵者和卑微者总是在两条线上做着各自不同的梦，唯有对健康长寿的向往，他们的梦才会重合到一条线上来。朋友的父亲，退休前是处级干部，一个还算有身份的人。朋友说父母的三室两厅其中两间卧室都用于储藏保健养生品，花花绿绿的包装盒靠墙壁堆到了一人高，房子中间是各种瓶罐，满得几乎无法伸脚。他父母退休后的积蓄，都在那两间卧室里了。回到家里只能在客厅的沙发上将就睡觉。他想阻止父母对养生保健品的盲目热爱，刚开口还没说到正题，他父亲仿佛是算命先生掐指一算就知道他要说什么，反而指责他破坏长寿工程，还说，儿女没有卖养生保健品的推销员孝顺。

我和弟妹们从不担心老太太会把退休工资的一半拿去买一堆吃了无益也无大害的东西，相反宁乡的妹妹常买天麻、蜜糖给她。一杯蜜糖水放一小匙醋，成了每天雷打不动的保健饮品。老太太年轻时就有头痛的毛病，柜子里的天麻自然就从没间断过。我们兄妹大都遗传了头痛的毛病。

75岁前，老太太几乎是在我们兄妹家打游击，这家住一年半载，那家住十几二十个月，住谁家住多久，一般由孙子孙女的年龄而定。孙辈们长大了，最小的也读中学了，这时，老太太坚决要求独自居住。我们放心不下的是老太太的冠心病和高血压，虽然头痛和筋骨酸痛诸多老年病样样不缺，但它们没有索命的意图。舅舅曾经交代，冠心病人身边不能离人，要以防万一。医生也说，冠心病和高血压是两个无形杀手，常在患者身边无人时出现。老太太不惧那两个杀手。

以后不管你们有什么事，就算天塌了我也不管，让我一个人安安静静地生活，也许还能多活几年。多活几年，成了老太太后半生的理想和向往。耄耋之年后，老太太对多活几年的追求在目的和方式上不再盲目和空洞，尽可能躲开外界干扰，像数学高手化简一样，把复杂生活全部简化。她从医院做完青光眼手术回家后，我说请保姆照顾她的饮食起居，老太太说，不要，简单、安静就行了。弟妹说，换台新电脑，她也说，不要，能用就行。

我的体检报告红灯无数，老太太的体检报告一色绿灯，连冠心病、高血压都像雾一样散去了。一种叫硝苯地平片的降血压药占据老太太的床头柜30多年，现在也让位给了氧氟沙星滴眼液。

距老太太家门口还有三两步路就能闻到厨房里飘出的肉香，我时常站在门外恍惚，不知是来看老太太的还是被肉香勾引来的。老太太炖的肉汤，是我饮食记忆里的最高标准，我也偶尔出入各大酒店，至今还没有一家能逾越老太太的厨艺。

这道汤的食材近乎苛刻。我讲苛刻一是位置独特、必须是猪软排和硬排夹角上的那一长条，老太太称它为肋骨肉；二是量少，300来斤的毛猪仅能割两到三斤；三是猪肉产地是湖南宁乡。我常在岳阳超市卖肉柜台看到宁乡花猪肉，价格是本地猪肉的三倍。宁乡猪肉的特点是油腻细嫩。老太太吃的猪肉都是从宁乡捎过来的，频繁地送货接货，宁乡到岳阳的长途车司机都和我们有了默契。

炖汤的工艺，有如烧制瓷器，有了好材料，还需要精细制作打磨，最后是适当的火候。老太太炖汤先用少许食盐将肉腌制二十分钟或半个小时，放进砂锅，大火烧开，转小火，炖一个小时后，加入适量野蘑菇，待肉质微烂，再加入新鲜莲子。老太太的冰箱里长年备有野蘑菇和新鲜莲子。汤质混沌，呈淡紫色，味道香、鲜，口感饱满纯正，若不是担心助长三高，恨不得一个人把一锅汤全部消灭。

炖肉时，要等出锅才放盐。一位嘉宾在某档电视节目中大谈养生之道，老太太看着发笑。嘉宾的意思是出锅时放盐可防高血压。这汤是我外婆传给老太太的。外婆是从哪里学来的暂不管它，反正外婆除某个特殊时期外也算喝了一辈子，老太太也喝了几十年。老太太不糊涂，她曾经的高血压和后来高血压突然消失，都与炖肉时先放盐还是后放无关。

　　我 16 岁时，小妹妹只有两岁，父亲把一家七口的担子毫无商量地交给了老太太便撒手人寰了。兄妹们感恩老太太给了我们一个稳定而温暖的家，尽管缺了一角，但在快乐中健康成长的养分充足，我们从肉体到精神都在阳光照射下，没有留下哪怕是绿豆大的阴影。我们想给老太太多一些照顾，但她总是以安静为名躲开了。有时，我打电话问她身体状况，明明有点小感冒，也说很好。

　　我常把老太太独住的风险放大到极致。我虽在主观上努力淡化这种心理风险，事实上反而出现用油去灭火的效果。老太太的意愿无法忤逆，我只能把担心和愧疚藏在心中。每次离开老太太家时，决不能让地板上有一丝水迹，怕地滑摔跤。我自信算一个想象力丰富的人，只是在老太太这里常用错地方。一到晚上，脑袋里就出现老太太摔倒在厕所或客厅的画面。于是，我的手机任何时候都不敢关闭 1 分钟，连晚上睡觉也要放在脑袋旁，仿佛时刻都在等待救援电话。有人说手机晚上不能放在卧室，辐射伤身体，但对我来说，这辐射完全可以忽略不计，如果误了老太太的来电，下半辈子都不可能获得自己的原谅。

　　安静是相对的。其实老太太还是好热闹，1 个星期，总有几天老太太家中像闹市，说话声、笑声；不管有没有人看，电视机都是开着，遇上广告，声音就像加压似的升两倍，盖过房间里的所有声响。只要我们回到她身边，不管如何闹腾都高兴。她估计我们快回来时，早晨就把一锅汤炖好，一餐的菜谱安排好，后续工作放手由我们操作，然后在一旁默默地看着。孙辈们在家时看着小家伙们玩手机，有时又上电脑打一阵麻将。老太太从不过问我们的生活工作情况，我们说她就听，也不发表意见，每当谈论时事时，她却成为积极的参与者。

　　我感到时间如金子般不够用，每个星期只有三五个小时分给老太太。而用在读书、写作上的时间，就像富翁的钱一辈子都用不完，可以说是奢侈无度。我的每一个文字都是用时间熬出来的。我还有一个毛病，只要坐在书桌旁，仿佛就把窗外的事都统统弄丢了。早晨起床计划给老太太打电话问安，常常因为书桌让我变得没了执行能力。我内心里希望自己多做一点什么，但又总感觉做不到点子上，似乎没有我们的照顾，老太太也能自得其乐，由此，我甚至怀疑自己有没有智慧和能力带给她快乐！

一条船上的句号

公元770年冬天，到底是哪一天，现在无从知晓，毕竟是1300多年前的事了。那个冬天，有一条乌篷船从湘江进入洞庭湖后，又沿着汨罗江逆流而上，它的目的地是昌江，也就是今天的湖南平江。我想，这史实就如洞庭湖水流入长江，全世界都找不到否定的声音，况且平江小田村有一座举世闻名的墓祠还可以佐证。去年，我去了一次小田村，参观了为老人修建的占地10亩的墓祠。参观者只有三五拨，不到20人，可那墓祠的规模。平江县作家协会的朋友介绍说，墓主人去世后，他妻子和一个叫宗武的儿子，便留在小田村守墓。现在墓主人的后嗣们成了小田村的大姓，族谱上墓主人的名字也一代代传了下来。

把这个59岁的唐朝人称老人，我觉得也合乎情理，何况他还有肺疾、头痛、风痹等多种疾病。风痹像一只饿虎，大口大口地吞噬着他的身体。中医说，这是风、寒、湿三邪入侵。公元768年春老人沿长江出三峡，在水上漂泊了近3年。这3年，中医说的三邪养得"老虎"愈加凶猛，而他的肉体却成了一株在风雪中飘摆的枯草，终日卧床才让余生有残喘的机会。

年岁偏长后，我愈来愈感受到生命的卑微，人类的命运仿佛被一个看不见、摸不着的主人控制，我们只能被动地接受一切指令。

　　屋漏偏遭连夜雨，大水单冲独木桥，这两句俗语我在读高中时就记住了，但俗语里讲的内容一直没在我眼前出现过。躺在船舱里的老人，被掌握他命运的主人残酷地作弄来作弄去，把这两句俗语用到他身上，我不感到有任何夸张。

　　公元768年正月，载着老人一家八口的乌篷船，从四川白帝城起航，途经三峡到湖北荆州。他们计划在荆州小住后便回长安。但此时爆发了安史之乱，商州兵马使也背叛了朝廷。长安之路战火纷飞，老人忧虑地凝望北方，只能改变行程，沿长江南下。这年冬天，在岳阳小住后，又向长沙进发。当年同朝为官的朋友韦之晋在湖南衡阳做刺史。他们好如兄弟，曾盟誓同甘共苦，互相帮助。全家都认为只要到了衡阳，就像冰雪遇到骄阳，一切问题和困难都会化解，生活又会温暖起来。谁知，一踏上衡阳的土地，就得知韦之晋调任了长沙刺史，一家人又充满了信心，带着希望掉转头，顺水赶往长沙。最后的结果，真让老人欲哭无泪，世上的背运全让他遇到了。韦之晋刚任长沙刺史便一命归西乘鹤而去，把他这个老友丢在旅途中徒劳奔波。

　　到长沙后，老人把船泊在小西门的湘江岸边，船就是他的家。白天在长沙街上的鱼市摆个卖药材的地摊，晚上和当地一帮诗词爱好者吟诵品酒，经济虽然仍然拮据，但有诗友相伴的小日子里还是有几分欢乐的。苏焕是年轻诗人，也是他的忘年之交。苏焕常去鱼市看他，有时就在鱼市诵读自己的诗词，他也去苏焕家饮酒谈诗。这样神仙般的日子没过几天，湖南兵马使和长沙刺史火拼，城里杀声一片，火焰映红了半边天，还殃及了小西门，鱼市没人去了，泊在岸旁的家差一点葬身火海。载着他一家八口的乌篷船又得逃离是非之地了。

　　妻舅是湖南郴州县令，他决定带一家八口去投奔妻舅。当船至耒阳，掌握他命运的主人又开了一次玩笑，几乎把他逼到绝境。突然连降暴雨,洪水与天际相连,眼前全是汹涌波涛,他们明白,这种状态下航行无疑等于自杀。船泊在耒阳一个叫方田驿的地方,五天无粒米下锅,四周茫茫水泽,老天连上岸找野菜的机会都不给他们。幸亏耒阳聂县令知道他们的处境后,托人送来大米、肉食和酒。他本欲当面感谢聂县令,无奈船靠不了岸,也不知道洪水何时可退,只好掉头往衡阳方向驶去。后来,这段插曲里还加入了一个千年误会。洪水退后,聂县令亲自到方田驿拜访老人,这时人船都无踪影,以为他们都葬身水底,便在耒阳建了一座空墓纪念老人。

　　船到衡阳老人突然怀念家乡。心向北方时,船也跟着往北走了。当船出湘江进入洞庭湖时,他的病情像耒阳的洪水,天天往上加码,整晚咳声不止,每咳一声胸口如割掉一块肉似的疼痛;小腿抽筋时,仿佛有一双手要把他的身躯揉成一个小团,以至无法忍受疼痛而叫出声来,而这种抽筋的频率近来也在加快,前次筋肉疼痛后的肿胀感还没消失,下一轮抽筋又开始了;头痛隔一两天就轮一回,脑袋上像压了千斤重石,痛感一圈一圈朝外扩张,仿佛就要爆炸似的,每痛一次都像在鬼门关走了一圈。妻子端来汤药,他刚喝下便大汗淋漓,仿佛药水还没进入体内就在皮肤外面流走了。他有一种不祥的预感,专司人间死亡之职的神仙已经到了洞庭湖,正躲在某处寻找机会对他下手。他必须即刻离开洞庭湖。这时,他只有一个去昌江的选择,那里的县令也是他的朋友,他相信昌江县令能帮他结束这令人讨厌的水上生活。

　　他的生存机会在岸上。

　　窗外沥沥的雨声密密实实的一直未停,风在江面发出一阵阵哨子一样的吼叫,木船在雨中伴着风的叫声摇晃,岸上灰雾茫茫的树影像鬼魂一样游动,偶尔还有两岸居民祭鬼的鼓声。此时,一种彻寒的滋味在老人体内徘徊,他感到天一寸一寸地往下塌,仿佛离船舱只有手臂长的距离了。比天气更寒冷的还有贫困。船上又一次无米下锅了，宗武每天冒雨上岸挖野菜，给他熬野菜羹；成都带来的桌子也散了架，用一块黑色的旧皮子捆了起来将就使用；一家八口的衣服全部补丁叠着补丁。

此刻，乌篷船上的老人，要说内心中还有一份温暖，那就是眼下这条神一样的汨罗江。

汨罗江全长253公里，在南洞庭湖她虽有老大的尊称，但在她的河流家族里，只能做个"小弟"，还是那种常常被人们忽略的"小弟"。然而，汨罗江又是一条大江，一条影响世界的大江。春秋战国时期，楚国的三闾大夫屈原在此投江，后来，汨罗江就成了一个符号，忧国忧民的符号，历代帝王又都不断放大这个符号，汨罗江也就成了士大夫们的精神之江。她又像一座灯塔，忧国忧民的意识如一束永不熄灭的光，引领着历朝历代士大夫的精神走向。

屈原也是老人崇拜的偶像。他和屈原虽相距千年，中间横亘数个朝代，他们的命运和社会现实，却惊人地相似，仿佛是屈原的命运千年后的一次重新回放。当乌篷船刚到汨罗江进洞庭湖入口时，老人便在心中默念："滔滔孟浪兮，草木莽莽。伤怀永哀兮，汨徂南土。……"这是屈原一生中最后一首诗词《九章·怀沙》，历史上称为屈大夫的绝笔词。他理解屈大夫忧郁而哀伤的心情，更认同他对理想的追求和对民间疾苦的关注。他写了约1500首诗，也是循着这条路线走来的。

乌篷船里的老人就是我们尊为诗圣的杜甫。

杜甫的诗词，我年轻时死记硬背过百来十首，几十年过去仍完整地保留在记忆里的不到10首。以前读杜甫的诗，都是别人嚼碎再注解的，进去咋样仍然咋样。今天，当我想起杜甫躺在乌篷船里漂泊，饱受饥寒交迫的苦难，他那些描写穷困的诗句就变成了形象在我的脑袋里活了起来。文学的眼睛总是盯在苦难者身上，或许这就是文学的宿命。杜甫的眼睛几乎眨都不眨地盯着人间疾苦，但他笔下没有个人不幸的唠叨和诅咒，他的胸怀永远是"凭轩涕泗流"。他对人间疾苦的书写是为了唤醒当权者，以实现他报效国家、报效君王的理想。如果能穿越到1300多年前的唐王朝，我一定要向他请教，从屈大夫到他"诗圣"，有多少君王被唤醒了？可惜，我穿越不了，只能想象他假如活在当今，我想，他仍会继续关注民间疾苦，但他的笔也会揭示造成苦难的真相，不再寄希望于君王的觉醒，会更多地透视人性，拯救在苦难中挣扎的灵魂。

我曾经在博客上读过一篇有关杜甫与汨罗江的传说，最近我请百度和搜狐去浩翰的文海里寻找那篇文章，结果，把它们无所不能的神话破了。虽找不到原文，但我的脑海里还可找到一些零星的记忆。杜甫在船上的生活起居等细节，史料里几乎是零记载，今天能从纸张上找到的，也只是民间传说，是靠想象来完成的，与物质的杜甫不能画等号。然而，精神的杜甫一直活在他建造的诗词王国里，那是真实的杜甫。他的理想，境界不需要想象和虚构。他对屈原的景仰也是他思想境界里的一部分。

屈原投江的地方叫河泊潭，洞庭湖进汨罗江3里路的位置。船刚进入河湾，宗武说估计这就是河泊潭。他挣扎着要起床，宗武扶他到甲板上。风像冰碴子一样摔打在他的脸上，手上。宗武要他回船舱，他却说拿香烛来。妻子拿来了香烛。他颤巍巍地将其点燃。

此刻，雨停了，风也不见了，江面静止不动。他凝视远方，眼前原本若隐若现的山林、杂草，这时全部出现在他眼睛里，像他一样肃穆。泪水几乎把眼睛浸湿了。一缕细烟，从他身边袅袅地向对岸飘去。他让宗武扶着自己跪在甲板上，向江面一连叩了3个头。宗武也双膝跪下，从后面搀扶父亲。

他喜欢屈原的诗，也敬佩他虽流放汨罗江，但爱国之心并未改变的品质。面对汨罗江，面对屈原的投江处，他高声朗诵：

"浩浩沅湘，分流汨兮。脩路幽蔽，道远忽兮。……怀质抱青，独无匹兮。……"《怀沙》又一次在他的内心深处引起波澜。浩浩荡荡的沅水、湘水，路阴晦，前途渺茫，诚心诚意的一腔报国之心，谁又知道呢？屈原在1000多年前就道出了他的心声。他在长安官至左拾遗，如果朝廷信任自己，怎么会弃官辗转成都？又怎么会3年前出峡，导致今天在洞庭湖和汨罗江上漂荡？离开长安的他基本上过着漂泊不定、衣食无着的日子，但他的心一直挂念朝廷。安史之乱给国家和百姓造成的伤痛像锤子一样击打他的胸口。出峡那年冬天，他登上岳阳楼，凭窗眺望长安方向，想到北方战火还未熄灭时，眼中的泪水不由得流了出来。他多么希望战争早日结束，百姓不再流离失所，过上安稳日子。他多么希望国家兴旺发达，长治久安。

或许老天也被他一腔爱国之心和对屈原的敬仰之情所感动，江面突然升起一抹晚霞，岸上的水雾一步步往后退，远处的山峦和近处的树木，带着一张张绿色的笑脸来到他的眼前。虽然江南山野四季常青，但一个多月的连绵阴雾，烟雨霏霏，仿佛有半辈子没见过绿色了。

宗武听从他的吩咐，把扶在他腋下的双手抽离出来。这时出现了奇迹，他能独自站立，还可以走动几步。自从宗武把他扶到甲板上，那个叫咳嗽的魔鬼也没再来纠缠，双脚不再抽筋，头也不痛了。

天黑了，船像在一个黑洞里穿行。宗武从甲板上进来说，又开始下雨了，零零星星的小雨点。风从船舱顶上呼呼地翻过去。不知过了多久，密集的滴答声便从头顶上响了起来。

妻子熬好野菜羹，他想起床，头上一股脑裂般的痛感袭来，咳嗽也随之而起，只得又躺下。一袋烟的时间后，他强撑着又坐起来，把妻子重新烧热的野菜羹喝完。

这时，他有一种预感，汨罗江就是他生命的最后一站。天黑之际在甲板上身体突然好转，或许就是回光返照。他还有很多话要说，必须趁还能握笔把心里话说出来。他毕生追求的理想，哪怕是面临生命的绝境也挥之不去，他必须说出来；来到湖湘后受到亲友们的接济、帮助，要说一声谢谢；让他放心不下的妻儿们，也要给他们一个交代和安排。

妻子点亮松油灯。宗武从书箱里拿出纸笔后，把他的上半身扶起来，将枕头放到他的双腿上，再坐到身后双手撑着他的腰。这时，他才感到腰上有股力量支撑。妻子把纸铺在枕头上。他提笔写下《风疾舟中伏枕书怀三十六韵奉呈湖南亲友》。此刻他胸中的情感全部凝聚在笔尖上。一家人都屏住呼吸，说话的声音比蚊子的嗡嗡声还小。宗武在他身后大气都不敢出，又担心父亲的身体坚持不住，几次想要父亲休息，但都没敢说出来。

烛台里的松脂油燃烧了一半。

"葛洪尸定解，许靖力还任。家事丹砂诀，无成涕作霖。"当他写完最后一个句号，两行热泪挂在脸上。此刻，喉咙干渴得像半辈子没喝水似的，胸口也堵塞了。突然一声惊天惊地的咳嗽声，雷鸣一样响，震得船上的人发颤。宗武一愣，父亲倒在他怀里闭上了眼睛，宗武焦急地喊："爹……爹！"这时他已不能应答了。

我每次站在汨罗江边，对着滔滔江水，总想和那个伟大的灵魂，卑微的生命说句心里话，但最终都没说出来。我们毕竟不是一个时代，不在同一状态，怎么说？说什么呢？说理想，还是诗歌？

酃县水口圩邮局

酃县在 2003 年版的《新编现代汉语词典》中解释为今湖南炎陵县的旧称，也是唯一的词条，仿佛这酃字，专为酃县而造。酃县水口，也就是今天的炎陵县水口镇，50 多年前我都以为她和我是两条互不相交的平行线。学中共党史时，知道井冈山下有个叫水口的小镇，一支秋收起义队伍，上井冈山前，在叶家祠堂做了一个让部队起死回生的决议——党支部建在连队上。那时我不知道这个小镇和我有着某种渊源，加之"酃"字，在此之外未曾见过，也没去请教字典，连这字读什么都不知道，便把县城和小镇的名字当场交还了载着党史的书本。

酃县水口这个地名融入了我的灵魂，成为生命中的一部分，是我侄女的一次偶然搜索。当年她在广州读研，一个充满钢铁味、散发出粗犷气息的专业——造船。她把曾外祖父孟光汉的名字，输入到搜索引擎时，在黄埔军校第六期教职员工的名册里，解开了父亲和叔叔留下的谜团。

父亲和叔叔一生磨难的原因都在这个谜团里，他们至死都捂住谜团不松手。我想，他们担心疼痛扩散，后来，人民币的重要性摆到了阶级斗争前面，再也不揪祖宗历史，捂紧谜团已没实质意义了，这时父亲长眠于泥土之下，可叔叔也带着这个谜团和他的双胞胎哥哥相聚去了。如果把1岁当作人生的一页，当时已被癌魔缠身的叔叔，在他80岁生日时，大家都预计翻到了他一生的最后一页。叔叔在翻他人生最后一页时，仍然忌讳谈论故乡，谈论虽不显赫，但让他们兄弟俩饱受苦难的父亲。

酃县水口圩邮局，其实，这名称就是今天土生土长的水口镇人，猛地一看，也会以为是某个遥远的地方。我能认识水口，对她产生感情，就是这个被封存在档案馆里的地名。这个地名和祖父的名字成了一个整体，黄埔六期几百名老师学员的名册，只要输入酃县水口圩邮局，就像输入祖父的名字一样，有关祖父的信息就出现在我们的眼前。现在，我只要想到从未谋面的祖父，就会出现酃县水口圩邮局，而一想起这个地名必想起祖父，这地名成了祖父的一个专属名词。

血缘是个神秘符号，不管天南地北，只要对上了，就算是陌生的山水、草木都像他乡遇故友。2004年，单位组织去井冈山，回途经炎陵县城小歇并午餐，我对半小时就能穿越的小城，有一种故乡般的亲切，第一次谋面的山坡似的街道，我仿佛无数次地在那坡上流连过。

我第一次到水口是沿着106国道，沿着一条小溪，印象中穿过了无数重大山，眼底至今仍储藏着原始森林般的高山植被。坐在汽车里，耳朵里灌满了溪水的声音，却看不到水的流动，要是没有叮当的流水，就会误导我往长满灌木杂草的小沟想象。眼前的枞树、杉树争相指向天空，仿佛要去戳破蓝天上一片片白云。

祖父在1913年从这山里走到保定，那时祖父应该还没有公路的概念，他是如何走出去的呢？只有一种可能，就是沿着这条小溪。这深山老林里不会有官府修筑的驿道，水道倒是那个时代的首选工具。时间倒回去100年，这里应是一条奔腾不息的河流，往日800里洞庭必定有这条小溪的贡献。涓流的溪水从坡上滚下来，"嘭"地一声摔成了一朵朵白花。我又想，即使溪沟里的水像湘江一样奔腾，也无法行船，遇上那个坡船不碎也会搁浅。中学时代看过的一部电影，叫《闪闪的红星》，现在脑壳里还留着潘冬子站在竹排上的形象。爷爷一定是坐排走出大山的。

我没见过爷爷的照片或画像，也没听过父辈们描述过是胖是瘦，是高是矮，但我的感觉，他的身高不会矮。父亲1.7米，叔叔也有1.7米多，一个人的身高是有遗传密码的。印象中，戎马一生的将军们鲜有矮个的，也许这也是职业特征。这大山的环境决定爷爷了只能坐木排。此时，那个站在木排上的青年，亮亮的眸子望着丛林，穿越大山，即将到来的新生活如冬天的火把温暖着他；更像关在笼子里的鸟突然放飞，迫切翱翔于广阔天空。仅凭"光汉"这名字，就断定我不是凭空想象。

祖父的名字是走出大山后自己取的，还是他父亲给他取的？不管是谁取的，我相信祖父是一个充满革命豪情，满怀国富民强理想的青年。

海凌采访记

上

"孵化"与"科技园"组合在一起,我一时没转过弯来。孵化是个生物学过程,而科学技术除了对生物学的研究外,似乎难以找到和孵化这个概念相互融合的逻辑联系。听了海凌科技园的介绍才忽然明白,是我见识短浅,长期浸在文学圈子里,虽然天天分享科学红利,但对科技行业的认识却犯了瞎子摸象的错误。

待我厘清它们之间的逻辑时,便会心一笑。谁说只有文学需要想象力?科学需要的想象力绝不在文学之下。想象力是智慧之源,或者说,一切智慧都伴随着丰富的想象力。

我的童年和少年时光都留在母亲任教的农村小学。学校和农户混居。常有抱鸡婆带着一窝小鸡碎步踏进教室,或许走累了,便在教室里张开翅膀蹲十分二十分钟不动,小鸡有序地躲进翅膀下。

我的家乡把处于孵蛋期的老母鸡叫抱鸡婆。老母鸡每年都有一次半个月至一个月的孵蛋期。进入孵蛋期的老母鸡,其性情、生活习惯和外表形态与平时的差异就像王子和乞丐一样,落眼便能分辨出来。它一改敦厚仁爱的形象,以战斗的姿态,用铁壳般的尖嘴做武器，处理孵化外的一切事物。谁想挪动翅膀下正在孵化的鸡蛋，它的铁嘴必让谁的手背见红。抱鸡婆的第二个特征是恋窝，一天 24 小时，守护那窝鸡蛋，纵有美食引诱，也从不上当。偶尔离窝（或许是排泄需要）行走，一身松散的毛发，翅膀向两旁张开，像醉汉般踉踉跄跄。抱鸡婆的翅膀为什么总是张开的？我执拗地理解为是使命，张开翅膀是为了牢记它的使命。抱鸡婆用它的全部，甚至生命去保护、孵养小鸡的诞生和成长。

孵化原本是动物们自然现象。1959 年，美国企业家约瑟夫出租厂房扶持一个养鸡公司而突发奇想，在两个互不相干的事件中建立起逻辑链。那些为中小科技公司提供场地和高新技术成果转化服务的企业，便称为科技孵化器。

国家海凌科技园是一家民营科技孵化器企业，总经理何泗凌和孵化器的创始人美国人约瑟夫有着同样经历，之前，经营了大半辈子企业，淘到第一桶金，能确保有生之年衣食无忧。

他眉目慈祥，眼神沉静，我感受到他的精神宇宙已洞穿了金钱的本质，有一个比金钱更强大的信仰。后来，在一个多小时的交谈中，也证实了我的第一印象。

从第一次给他打电话听到声音起，到面对面，仿佛他说话的声调一直保持在平声上，虽轻言细语，却音量适中，句句清晰入耳。有如一个会轻功的人行走在鸡蛋上，看似轻若飞絮，实则内力深厚。

他问我进大厅时，看到墙上的企业文化标语没有，我老实回答没看到，我走路没东张西望的习惯，尤其是在陌生环境。原来，海凌科技园的企业文化开头就是"善心善意，合作双赢"。他说想把双赢改为共赢，谦虚地问我："双赢好还是共赢好？"其实我知道，到底哪个好他早就有答案了。问我只是求证，或许仅仅是对客人的尊重。我明白，这不仅是一字的改动，也是境界的升华，一字之改，善心善意的宗教情怀，便不再空洞。双赢还局限在我的世界里,算盘珠子拨得最响亮,还是合作双方的利益;共赢则走出我的世界,追求众生之赢,除合作双方,还有三方甚至四方。只有共赢才是真正的善心善意。他有一个梦想,把海凌科技孵化器打造成一流的培养高科技企业和优秀企业家的平台,在这里孵化、成长的企业,不只是赚钱的机器,不仅要有良知还要懂得回报社会。今年,经他介绍,有家企业的总经理加入了民主党派,成功当选为市政协委员。还有一家企业自身还在起步阶段,得知华容某校有30多个留守儿童,便捐助了30多个智能学生证。

写作者收集素材时,总喜欢刨根问底,当我问具体单位和人名时,他便言辞闪烁起来。能不能挖出具体细节,决定这次采访是空手还是满载而归。我要的是作为孵化器,它是如何让小鸡从无到有并健康成长的,必须有时间、地点、人物和具体事件,这些要素缺一不可,我要杜绝空泛的概念。他无法回避我了,但还是不肯具体到人,到公司,并想瓦解我的决心最终让我理解他。他说,我不能太具体,这些公司现在虽是小微企业,生存艰难,有的甚至处境尴尬,也许未来他们就是国家级或世界级的大巨头、大老板,我总不能把别人的老底掀开吧。

他赢了,把我说服了。我琢磨他还有一个理由没说。在别人艰难的起步阶段伸出援助之手,从世俗层面说是施恩。如果一个人总是以施恩的面目出现,受恩者难免会尴尬和不自在,这不算忘恩负义,而是人之常情,人性的必然。一个不忘市恩的恩人,尽管受恩者终身会记住对方的恩情,但心中的敬仰或许会削弱几分。

作为写作者,我明白细节是艺术的生命。要不不写,写必有细节,这也算是一条原则。我没有退路,必须写。这是市委宣传部和市文联交给我要完成的"触摸巴陵脉动,感受会战热度"文艺采风的作业。

我们各退一步，他按我的要求不私做保留，此文中涉及的公司名称和个人姓名，还有研发的科技产品都用字母代替，就如电视屏幕上为保护隐私而打的马赛克。

2013年，两个学生装扮的人走进他的办公室，他们背上的双肩包，他一眼就看出包里装着电脑。后来，这两人入驻海凌注册了一家A公司。注册公司之初，如何写申请报告，送往什么地方，最基本的常识都不足。他手把手地教他们办完各种执照后，又亲自带他们去长沙申报省厅创新创业经费。事情还算顺利，一去就成功了。我曾听说过建筑行业的规则是带资入场，但第一次听说有带资帮忙的。何泗凌带他们去省厅，交通和其他一切费用都是海凌买单。A公司遇到资金周转的难题，又是他把免费租给他们三年的办公室做抵押找银行贷款。可喜的是A公司如约返还了银行贷款。

天下没有免费的午餐。我不知道这话出自何处，也没找百度搜狐，出处不重要，关键是我一直把这句话当至理名言深信不疑。海凌科技园的免费午餐都是干货，看来至理名言，也要因时因地。免费午餐不是A公司的独食，B公司、C公司，到未来M公司，只要能过何泗凌的法眼关，都能分上一碗二碗的干货。

B公司几百平方米的办公场地，两年免费期的合同还在法律保护范围内。B公司开业之初，还得到了8万元的无偿援助。C公司办公场地也免了三年租金。前年春节前夕，D公司创办人家中房屋倒塌，也得到了2万元捐赠。

后来，我再仔细一想，还是没有免费午餐，何泗凌还是要回报的，要他们迅速成长，早日回报社会。

入驻海凌的企业缺什么，我们都尽量给他们补上。这话说出来容易，到兑现时考验的则是胸怀和境界，还有履行承诺的决心。与何泗凌一小时的交谈，我不知道对他的了解算不算深入，但从他的言谈中发现，只要是帮园里小微企业服务，这人身上的热情、激情就会像火焰一样朝外喷发。

科技产品的研发离不开试验室。海凌科技园的弱项也是试验场地。湖南理工学院实验场地、器材、技术等资源丰富。他既搭桥又牵线，让小微业主们不花一分钱，走进了高等学府的实验室。他搭了一座双向桥，海凌科技园的小微企业也就成了学子们的实习基地。

可是，入驻园里的小微企业们又有了新的需要在等他。海凌科技园和湖南理工学院没有直达的公共汽车，双方往来很不便利，耽误时间不说，尤其是学生，还有一个交通成本账。他有个大胆的设想，离海凌科技园几站远有一趟到湖南理工学院的公交线路，把它延伸过来。这事不像免房租那么简单，只要觉得这家公司有发展前途，大笔一挥说免就免了，公共汽车公司的事，他说了不算。但他琢磨出了一点门道，把一个看似不可能的事，往可能的方向发展。

"创新创业专线车"。他问我这个名字如何，并要我帮他取一个更好的名字。取名的事，我不掺和，那不是我的强项。我从这个名字里看到了他的智慧。这事他要先找市领导，再游说公共汽车公司。找领导不能只打经济牌，政治牌和经济牌都是不可缺的法宝。6个字往车头一挂，这条公交线路就不是普通的延伸，它的光环将闪亮全城，意义就有了历史的深度。

我坚信，他能把公交线路延伸的事办成。

下

以前，我固执地认为，高科技都在北京、上海等一线城市，岳阳这类三线城市，除央企和省企外，便只有作坊化的技术含量偏低的企业。持有这一观点的，应该不只有孟某人吧。何泗凌老总说，省里一位领导来海凌考察后感慨地说："我原来以为岳阳只有巴陵石化那样的大企业,没想到还有这样高端的科技公司,到海凌后颠覆了我对岳阳的认识。"

走进岳阳巅峰电子科技有限责任公司的展览厅,出来迎接我的是总经理梁洁。第一印象,这孩子是个九零后。我儿子也是九零后,因此,一见比葱还嫩的年轻人,如同见到自己的儿子,脑子里就冒出"孩子"二字。

乳臭未干,词典里是贬义,然而,在我脑海里却换了词性。梁洁圆圆的脸上憨憨的线条透出了羞赧,泉水般明亮的眼睛,仿佛刚离开母亲的怀抱,用陌生的眼光打量着世界。这种乳臭未干的孩子,灵魂上跃动着理想的火花,每每看到,就会心生羡慕。

大概不到20平方米的展厅,还肩负着接待室的功能。我环顾四周,有他们研发的3D打印机,还有3D打印的成品。五年前或者更早一些,3D打印就像某个有特殊印记的人,初次见面就会给人留下深刻印象,想忘都忘不了。这些年来我一直关注它的动向,没想到它就在我身边。我第一次在不到一尺的距离看到了3D打印这尊真神。单看3D打印机并不神奇,有的像电脑桌上打印文档的打字机一样小巧,也有只能在车间里见到的那种庞然大物。靠墙壁的玻璃柜里展示着打印产品。我拿起一个陶瓷小瓶,形状像工艺品,重量和手感与商场出售的陶瓷产品没有区别,我不太相信是打印出来的。梁洁看出了我的疑虑,便说:"是你身边那台机器打印的。"我看了一眼那台外表造型简单,好像只有中等旅行箱大小,还黑不溜秋的铁玩意儿,再看外形左凸右凹,凸凹间恒等的距离不差毫厘。把这两件东西联系起来,感觉好像是个玩笑,但我内心里是相信的,只是在眨眼间内外没有协调好。这样精准的工艺肉眼和双手恐难以胜任。

玻璃柜里还有一个黄色的塑料制品也吸引了我的眼球,我询问梁洁后才知道是汽车发动机的部件模型。如果把塑料粉末换成铁粉，打印后在光滑度上做点处理就可以在汽车上使用了。我知道，这种零部件传统工艺是翻砂而成。

开始，我以外行的思维理解他们仅仅是做3D打印业务，像街道上的打字复印社一样。很多事情是因为不了解，但又过分地相信自己，明明闹出了笑话，还自以为是聪明。一听说岳阳有了3D打印，差点让我自作聪明了一回。

他们是一家3D打印解决方案的供应商。打印机的生产制造、打印原材料的供应、打印软件研发的一条龙服务。北京、上海、江西一共有20多个省市的一些单位都上了他们的客户名单，日本、马来西亚、波兰这些国家的客户也漂洋过海闻信而来。他们研发的陶瓷3D打印机，在江西景德镇让一只只捏贯了陶泥的双手闲了下来，于是，他们的陶瓷3D打印在全国稳坐前五的交椅。

早些年前我从新闻中得知，上海用3D打印技术造了一栋房子，还有什么地方打印出了人工心脏，可以直接移植到人的身体里。我向梁洁求证真伪，他说，技术没问题，瓶颈是原材料。3D打印大致可以分三个阶段：2008年是概念期，2013年至2018年是试用期，再过两年，到2020年估计会有新的材料诞生，打印成本会大幅下降，到那时将进入普及阶段。

梁洁信心十足的口气和眉宇间的自信，我估摸他粮草都已备齐，只等2020年的东风了。

我眼前是湖南智兴北斗电子科技有限公司的黄永涛。一个前额秃了的男子。因为额头光秃，露在脸上的年龄便不可轻信。他神采飞扬的言谈，如高速公路上飞驰的汽车，我找不到加塞的机会，而他仿佛一脚踩在油门上便忘记挪脚了。

作为采访者，只能放弃提问的权利。

他说智兴北斗公司是从事北斗卫星信号处理、转化的落地服务的。2013年，岳阳定为北斗卫星示范城市，那时他在浙江打工，这里面的商机诱惑他回到岳阳。他研发的智能学生证是公司的拳头产品，也是岳阳市重点扶持产业项目。这个产品虽叫学生证，其实也可以用于老年人，尤其是阿尔茨海默病患者，当老人忘记回家的路时，便于家属给老人定位。他看中了智能学生证这块又大又肥的蛋糕。他有一个梦想，近年内争取产值过亿。吃好了这块蛋糕，梦想就变成了现实。

他边说边翻开一份文件让我看，那是省经济和信息化委员会发布的关于 2017 年湖南省卫星应用重点企业名单的通知。他的公司上了这份名单。一个城市最多两家，能进这份名单，就意味着朝上走了一级台阶。

北斗卫星落地服务的研发和推广还刚刚开始，做北斗卫星服务的企业谁能立于潮头，就看各自的研发能力。智兴和湖南理工学院联合建成了创研一体的研发基地。我发现他们不但有站立潮头的野心和决心，也在累积站立潮头的实力。

讲到电子信息技术的未来时，黄永涛有一个大胆的预测，我感觉或许就是他某一款产品的萌芽。近年来智能手机以风暴般的趋势干预着我们的生活，人类对它的依赖已接近于水，祖祖辈辈数千年来沿袭的货币支付方式，一夜间被它颠覆了。这些在三五年前都归于神话之列。我曾想，智能手机后的神话又会是什么呢？或者智能手机还能创造什么更神奇的神话？

黄永涛的一番畅想，给我描绘出了人类将进入分身术的新神话。古代神话就有分身术的传说，孙悟空常常用分身术智斗妖魔，那是人们对超出自身能力的羡慕和向往。人类果真能像孙悟空那样分身吗？

他说的所谓分身术，是借用北斗卫星将自己的立体投影发送给对方，那时手机不仅能传播声音，还能传送立体影像。这种立体影像不是视频图像，而是立体投影，和你的肉身真假难辨，如《西游记》里的真假美猴王。你的肉身明明在 A 处，但 B 处、C

处都可留下你在场的影迹。

鼎创科技的总经理丁树雄，是我在海凌科技园遇到的几个创业者中资历比较丰富的，他曾是行政干部，当过什么局的局长，业余时间潜心研究鼎氏汉语，后来主动辞职，来到海凌科技孵化器里实现他的梦想。他大学的专业是经济管理，从文科跨入科技行业。我觉得他像个游牧者，赶着理想从这个山头走到那个山头，不惑之年才得以定居。

2005年，要算他的人生转折点，虽然他仍在东洞庭保护区，职务和工作单位都没有变化，生活节奏也依旧，但他的心是从那年出走的。一个美国人来到他工作的地方，感叹汉语实在太难学了，他就萌生了研发一个软件，帮助外国人降低学习汉语难度的想法，于是，他的心绪从东洞庭的候鸟身上跑到软件开发上来了。刚开始，老天爷用汉语的四个声调考验他的决心和意志——如何处理声调的难题，数月过去了考验仍然没结束。一天，他在湖边垂钓，看到水波漾漾，脑袋里突然冒出一个灵感，他就成了这场考验的合格者。

叮叮汉导是一站式汉语速成网络平台。鼎氏汉语、鼎氏词典、鼎氏输入法和汉字先生是他自主开发，有独立知识产权的软件。他的目标是打造全球性学用结合的学习工具。需要面对面服务的汉语学习者，通过叮叮汉导网，还可以聘请汉导线下服务。

他说汉导已遍布全球。一个三线城市的网站，二三年时间内，能把汉导覆盖全球，我在第一时间是有些怀疑的。他说他是孔子学院的特聘专家，我才明白，孔子学院成了他实现梦想的双翼。

我感兴趣的是汉字先生。他的3个鼎氏软件只能在电脑上使用，汉字先生则是专门用于手机，它是3个鼎氏软件的综合版。虽叫汉字先生，同时可以学英语，还可以充当出国旅游的随身翻译。我的语言像顽石一样，一口长沙宁乡话几十年如一日，估计没有一款软件愿意和我合作。他说，不用语音，输入文字效果一样。我有一位朋友，去了一次国外，回家便拼命学英语。每次见面，都说他又背熟了多少个英语单词，一个奔六的人，学英语像学生考托福一样。如果他知道有了这样一个软件，我想定会刺激他学英语的积极性。

水城记忆

看着一座城市长大

　　那年，当我意识到我的一生将融入一座历史名城时，我用放大镜的倍数来展开想象。名城的历史有多悠久，我对她的想象就有多悠远。八百里洞庭孕育鱼米之乡；喜马拉雅融化的雪水，在四川盆地绕了几道弯，"伙同"川渝之水，冲出巫峡，一泻而下，带着一个古老的阅兵台漂洋过海，从此就有了一座历史名城的骄傲；还有京广铁路构成的南北交通大动脉，这些抽象而宏大的概念，给我的想象以更多的自信。

　　1976年全国恢复高考，为了获得一张通往光明前途的通行证，我恶补地理知识，那张通行证虽和我擦身而过，但恶补地理时我记住了北京、长沙等历史名城。那时北京对我来说只是一个概念，10多岁时母亲带我去过长沙，我就用长沙来填补历史名城的概念，北京就成了长沙的扩大版，而即将和我的命运发生联系的洞庭湖畔的历史名城就成了北京和长沙的综合版。

　　这就是一个少年想象中的岳阳。一个梦幻中的岳阳。

　　1978年10月16日的傍晚，当我走出那个狭小的火车站时，空气中一股腥腥的鱼虾味，挤塞了我的鼻孔。我初次被鱼虾味集中轰炸，差点呼吸不畅。之前，要说我对鱼米之乡的概念还停留在书本上的话,当我踏上岳阳这块土地时,什么叫鱼米之乡就有了切身感受。后来,当我真正融入这座历史名城时,才明白,这是一座城市的独特气息,就像一个人的体味一样。

我们一行的 20 个宁乡知青,由招工干部带队,上了洞庭氮肥厂(现为巴陵石化化肥事业部)的一辆大客车。那时,还没有巴陵大桥,汽车经过铁路,被前面一根杆子挡着,火车呜呜地开过去后,杆子就升了起来,两边的汽车排成了长队,铁路上扬起一片灰雾。汽车过了铁路,招工干部告诉我们,这是东茅岭。那时,我对东茅岭的唯一印象,就是路宽,宽得空空荡荡,比电影里一望无际的大平原还要辽阔和空闲。汽车过了铁路,飞驰到五里牌,一路都在孤寂地奔跑。东茅岭路旁,有个挖掉了一半的山头,夹杂在稀稀拉拉的楼宇之间,街头上仅有几盏昏暗的路灯。从东茅岭到五里牌,宽宽的沥青路,两旁没有高大的建筑,除了夜幕里的山丘和影影绰绰的灌木,沿路仿佛找不到生命气息。

这就是那个传说中的历史名城?是那个世代被人传诵的《岳阳楼记》的岳阳?我的想象几乎全部破灭。事实上那时岳阳还不能叫城市,只是一个县的建制,汽车走了不到 10 分钟,我就感受到岳阳的渺小了。汽车行驶到五里牌时,就到了郊区的郊区。经过编厂再往前,就像进入了山区,汽车一过京广铁路跨线桥,就是一个大陡坡,陡坡下,一条仅容两车相会的公路,沿着山边往前延伸。

现在,我沿着 1978 年的记忆,重走第一次到岳阳的路线,怎么也走不进当年的郊区,也寻不到那种乡间公路的感觉,就连当年的一个个山头,也像在人间蒸发了似的。一到傍晚,巴陵大桥辉煌的灯火,一直亮到了原洞庭氮肥厂,且两旁商铺林立;一条四车道的街道,仿佛行走在一望无际的平原都市。

1984 年,我借调在《洞庭湖》杂志社(当年叫岳阳地区文联),在地区文化馆的四楼办公。我办公、睡觉都在四楼的一间屋子里。旁边就是当年具有地标意义的影剧院，还有一家招待所，叫"演员之家"。我平时就在演员之家的餐厅吃饭。当年常在演员之家吃饭的，还有地区群众艺术馆的书法家李辉模，后来我们每次见面都笑称"饭友"。当年的四层大楼现在已摇身一变成了一栋十多层的大厦。我不抽烟，那时也不常喝酒，食堂油水不足，就好吃一点零食。有天晚上，看了一阵书后，想吃零食，一看抽屉里饼干没了，便下楼去买。跑遍东茅岭，没有一家店铺营业。我一看手腕上的表，北京时间21点，其实，那个时间放在现在，夜生活才刚开始。

  20世纪80年代的岳阳，是一座简单明了的小城：不会迷路，不会坐错公交车。有位在岳阳土生土长的朋友，笑说自己老了，理由是坐错了几次公交车。我讲了八字门、太阳桥几个新地名，问他坐几路车，他一概答不上来。我笑他一个老岳阳，还比不上我这移民。他说，出了东茅岭，他也是移民。朋友说的岳阳故乡，就是从九华山，到南正街，再过铁路，到东茅岭，五里牌就算郊区了。难怪他笑称出了东茅岭，也算移民。

  曾听一老者说，20世纪70年代，南湖有个五七农场，如果去农场看某个朋友，就像现在去某个县一样，提前一天，就开始谋划，仿佛要出一次远差。假如现在要去南湖，还像出远差似的谋划，那就是天外来客，让人笑掉大牙。南湖已经是这个城市的中心了。

  曾有大都市的朋友来到岳阳，他们由衷地赞叹岳阳是一个适合人类居的城市。过去我一直不认为他们是赞美岳阳，有一次，我去一个大都市，坐在朋友的汽车上，汽车在街头停停走走，有如成群结队的蜗牛，朋友说，在他们的城市邀朋友聚餐，要前一天打招呼，要不，饭店打烊了，应邀的朋友还在路上。这时，我才理解他们为什么会有如此感叹。城市是文明的载体，城市的成长就是文明的成长史。我没研究过城市是如何诞生的。但我坚定一个理念，城市是为人服务的，城市的现代文明是基于人类的生存。

　　一个城市的长大，不仅是体积，体积只能造就傻大个。傻大个永远长不大。江南姑娘的灵秀，是因为水的滋润。和岳阳一同长大的不仅是一座城市，还有一条河流，叫王家河。王家河南起与洞庭湖相连的南湖，北至与长江相接的芭蕉湖，有衔长江吞洞庭之气势。王家河穿城而过，像一条轻逸的飘带，它让一座笨重的城市轻盈而飘逸。如果岳阳是一幅画，王家河就是这幅画里的点睛之笔。有一天，我站在王家河沿，有工人开着挖土机在开掘河道。王家河自古就有，不知什么年代，什么原因，南湖和芭蕉湖被阻塞，王家河也就奄奄一息了。政府斥巨资重新开掘被阻塞了的王家河，我在河边看到的挖土机，执行的就是这个正在实施的工程。

　　岳阳在长大，她不仅是长大，而且要长得秀气和美丽。洞庭湖畔要是没有一个秀丽的岳阳，那我们将愧对洞庭一湖好水，枉对江南美好风光。

20世纪90年代的通勤

　　1989年，巴陵石化公司决定停办《岳化报》和《洞庭工人报》，由两报合并为《巴陵石化报》，有国家新闻出版署批准公开发行的统一刊号，当年，有统一刊号的企业报全国不到十家。两报原有员工成建制调入。当年，报社办公地在原岳阳石油化工总厂的办公大楼（那时更名为云溪化工区办公大楼）。我住在七里山，那里原有一座山，我住在山上一个独门独户的小院里。后来，把山头夷平，建起了水泵房。

　　住地和办公地相距30多公里，有人戏称上班是下乡。

　　七里山，是洞庭湖入长江口前的一座小山，因往岳阳楼七里,往城陵矶也是七里而得名。那时,七里山是个交通死角。我在《巴陵石化报》的通勤生涯,就是从七里山开始的。我先骑单车到原洞氮生活区(现七里山社区),再从洞氮生活区坐六路车到新路口,再从新路口坐公司机关通勤车。

通勤车是早上6:50到新路口。

夏天早晨6点,太阳起得比我晚,风从水面飘过来,清凉的享受,感觉这世界特别美好,我骑着单车,双脚没用什么力,两个轮子仿佛比汽车还快。到了冬天,每个早晨对我都是一场考验。冬天早晨6点,是日光和月光交接班的时候,因此就有了黎明前的黑暗一说。模模糊糊分不清水面和路面,路面有些坑坑洼洼的黑洞,和黎明前的夜色融为一体,纵有火眼金睛,也只能凭感觉,让单车跳迪斯科。习惯就好了,不痛苦,最痛苦的是早晨的寒风。20世纪90年代初,早晨的草地上像散了一层盐似的,有的小坳里,冰如一面嵌在路面的小镜子。寒风从湖里转了一圈上来,就不叫风,叫冰刀了,一刀一刀,削在我脸上和手上。这时我的单车,快也不行,慢也不行,快了,一刀刀削得更深更狠;慢了,削的时间更长,削的刀数也更多了。

与后面的事比,这些都是小事,不值一提。有天下班,路上堵车,通勤车到新路口时,已是晚上7点。6路的末班车,7点到新路口。我在通勤车上见6路车来了,就乱了方寸,赶不上末班车,就只能发扬红军精神,用双脚步行了。那时,城市还没有的士。通勤车刚停稳,我心急,也没看两头有没有车,冲下通勤车,就往路对面跑,六路车已经启动,不跑就坐不上了。刚跑两步,眼前一道风吹过来,那时30出头,反应还快,中枢神经立即指示我:来车了,身体下意识往后仰,生死就在一瞬间,这一瞬间人类的感觉系统是无法感受的,只能用光的速度形容。人弹出了三五米。我的脚趾被汽车轮胎的斜边碰了一下,3根脚指头骨折了。岳母知道我和汽车打了一架后,笑得合不拢嘴,好像遇到了一件喜事。那时，我儿子出生刚两个月。儿子呱呱落地时，仿佛来到人世的第一件事，就是先拉一泡尿。岳母相信古人一句话，落地一杆枪，不伤爹就伤娘。这古人的话应验了，也就是 3 根脚趾的痛苦，一次事故，倒成了一件好事。

虽然找到阿 Q 式的安慰，但一想到通勤，心底的畏惧，阿 Q 式的安慰也没了力量。尽管后来在同事们的奔走呼吁下，通勤车从南湖出发，绕道原洞氮、原己内酰胺，再到云溪，我省掉了乘坐公交车的环节，但我还是心生余悸。不跑通勤？我舍不下手中的笔。尽管我的笔，没写出名传千古的文章，但她是我毕生的爱好。我从来不把笔当作钳子或锄头扁担一样的谋生工具，笔里有一种价值取向，闪耀着智慧的光芒，是对人性的呵护和理解。

当年除了电影电视里见过高速公路，我们的国土上还没一条现实的高速公路，高等级的 107 国道，还在紧张地施工，从岳阳到云溪，就是一条两车道的沥青路。20 多年前，这条沥青路，人们戏称有两个功能：首要功能是停车场；其次才是一条公路，只见车停，不见车跑。从岳阳到云溪，我两年多通勤，如果有一天不堵车，1 个小时内到达，就是运气最好了，有了幸福感和快乐。这样的好运气，一年难得几次，现在的 107 国道，一年几乎看不到一二次堵车的景观了。

我经历了一次最经典的堵车。记得是一个冬天。要是白天，可以在暖暖的太阳下，来次日光浴，那车堵在晚上，只能饱受寒风的凌迟。刚出云溪，对面没有一辆车过来，任由我们的通勤车天马行空，我们心里就紧张了，这种好事是要付出代价的。果然，没走五分钟，停车场的功能就发挥了作用。下午 5 点半下班，到晚上 10 点半，我们离开云溪还不到 15 里。从城里下班往云溪跑的更惨，5 个小时一动不动。那晚，我们凌晨 1 点到家，从城里下班往云溪跑的据说是凌晨 5 点半到的家。

岳阳之水

　　人类拥有今天的物质生活和精神生活,应感恩于水。这是一个了无新意的命题。说出这个命题,我脸上漾着羞羞的红晕。一个写作者,炒别人的剩饭,多少有些江郎才尽。

　　我住在洞庭湖大桥旁。夏日橘黄色的夕阳,波光闪闪,滔滔洞庭水,漫无边际。我站在洞庭湖大桥上,脚下水浪拍岸,习习凉风带来水的问候。我有了与水为邻,与水为友,以水为傲的感觉,有了对水的敬畏和崇拜。

　　有一年我去西北参加一个活动。主办方送给我们一个大礼——游湖。北方的朋友一片欢呼。对水的期待,对水的热盼,让一群成年人变成一群大小孩。我倒有几分冷静。这冷静是因为有洞庭湖和长江做后盾,在那群大小孩面前,才有了几分大气,有了几分对水的见识。游湖等同玩水,在沙漠旁玩水,十足的黑色幽默。果然不出我所料,湖如一个大碟子,浅浅的一碟水。四周有些树木,传递出春意般的绿色。树有参天的感觉,天挺蓝,一片片绿叶,挂在蓝天上。一小碟水,克隆了一个小小的江南水乡。湖面有几艘柴油船,10分钟绕湖一周。我问船老板,水有多深,船老板说,一米多吧。说起这湖泊,主办方很得意,脸上露出骄傲之色。这也叫湖泊?我心里不屑,出于礼节,我不能也不应在面子上打击主办方的骄傲。

　　岳阳是水的故乡。千万吨级的城陵矶码头,通江达海,惠泽周边大小城市。有了这扇通江达海的大门,世界朝岳阳敞开,岳阳也朝周边大小城市敞开。我在巴陵石化工作了28年,知道水之工厂,如人之血液。没有汹涌的洞庭水,没有滚滚长江水,就没三湘大地之冠的化工城、轻工基地之誉。巴陵石化、长岭炼油、岳阳纸业一大批响当当的名字,都受恩于水的慷慨。水是上天的宠物，再多的人民币，也买不来。这些响当当的名字，撑起了岳阳财富的大伞。

汹涌洞庭，滚滚长江，孕育了岳阳，孕育了岳阳楼，成全了范仲淹流传千古的绝唱。东吴大将鲁肃，借洞庭、长江两水，训练水师。相传，鲁肃建楼以检阅水师而诞生了岳阳楼。岳阳楼给岳阳带来了长盛不衰的骄傲。岳阳楼成了岳阳一张漂亮的面孔。出差在外，一说我是岳阳人，便立即收获肃然起敬的眼神，将我如《岳阳楼记》般"翻阅"。我有自知知明，这一切不是对我，而是对岳阳楼，对范仲淹致以跨越时光的致敬！岳阳楼不仅是岳阳人的岳阳楼，也是全中国人共同的精神财富。朋友们对岳阳楼，对范仲淹露出无限敬佩之情时，我总是不合时宜地提醒他们，总想让他们明白，一切源于一个好湖，一江好水。我想唤起人们对水的敬畏。

汨罗江，一条小河，日夜兼程，奔到洞庭湖，也只是洞庭一粟。不要小看这条河，它沉淀的历史，足以让人们代代膜拜。源远流长的中华文明，这条小河，稳稳占据了一页。这就是岳阳之水，大湖大江，孕育着一个民族的文化和精神，小河小汊，也流出了大境界。

断 片

夏 天

时间是我读小学之前，我是5岁半读书的，应该是5岁零4个月或者5岁5个月的时候，那时正是夏天，学校还在放暑假，新学期快要开学了。

想到那年夏天，我脑海里首先就吹来一阵过堂风。闷热的下午，皮肤上的汗液守着毛孔，既不进去也不出来。但是，只要遇上那阵过堂风，它就乖乖地消散了。这时，我对幸福的理解不再抽象，就像一杯冰激凌一样实在。

我们学校，严格地讲是我爸爸教书的学校。爸妈都是老师，但不在同一所学校。可能是妈妈给我生了一个妹妹，于是父亲就把我带到了他身边。爸爸教书的学校是一个四合院，南方的四合院。为什么说是南方四合院？南方雨水多，天井就成了四合院的命脉工程，春季排水，夏季通风。我居住的岳阳有一个300多年前建造的老屋，也是岳阳人气爆满的旅游胜地。那老屋有200多间，主体建筑的排水都是靠天井，居住在老屋里的那些祖父辈的人，从出生到离开老屋，几十年甚至近百年都没见过天井里的水溢到房子里。听说近年还有建筑专家去岳阳那老屋研究古人是如何设计排水系统的。

爸爸教书的学校，那座四合院，入大门就是一个长方形天井，四周砌着青砖，天井的底部铺了麻石。往里还有两进院子，第二进也是长方形天井，但比第一进小。第三进是一个正方形天井。站在天井边缘往上看，只有桌子大的一块天空。天井壁上的青砖布满青苔，砖缝里长着小草，有的青砖掉了角，缺口里长了小树苗。即便是艳阳高照的中午，第三进小院里整天都像天要黑了似的，一股阴凉的风从里面往外吹，二进吹到一进。四合院后面是一座有三层楼的山坡，杂草丛生，就是晴朗天气，泥土里、杂草根上都有水珠冒出来。第三进小院的后门，对着一口井，一块长方形石块盖着井口，两边露出一条10来厘米宽的缝，那股冷风就是从井里刮上来的。

夏天的印象就在中院的过道上。严校长的儿子在长沙读大学，放暑假回到他父亲身边。我现在根据回想来复原那个青年的形象，大概是1.7米的个子，瓜子脸，天天都是一副沉思的面孔。严校长的儿子每天上午坐在中院的过道上看书。坐在一张可以升高、也可以降低靠背的竹躺椅上。严校长儿子坐在过道上看书的样子，就是我童年心中的大学问家，也是我见过的第一个大学生。

每当严校长的儿子坐在中院的过道上，我就搬一个小凳，拿本小人书，坐在他身边。印象中开始他并不理睬我，只顾自己看书，享受过堂风轻抚裸露的手臂和大腿。我也不记得我叫没叫他，但也不记得是如何称呼的。

我记得后来他叫我"小弟弟"，我也叫了他哥哥，这僵局是如何打破的，我不想用今天的想象来还原了。

他给我讲了很多很多大学里的故事：学生会的春游，团委的篝火晚会，文学社的诗歌朗诵，还讲了保尔·柯察金四次死里逃生的故事。以至于很长一段时间，我都以为保尔·柯察金是他的同学，后来读高中看了一本苏联小说《钢铁是怎样炼成的》才知道保尔·柯察金是书里的主人公。

  从此，我童年的心灵里就有了一个具体的大学生标准模样，我还发誓要做严校长儿子一样的大学生。从那时开起，我脑子里就有了大学的概念，就有了对大学的向往，萌发了一定要上大学的念头。

  那个夏天的印象就这样深深地刻在了一个少年的记忆里。很多往事都渐渐地淡忘了，但那天井，那凉凉的过堂风，那竹躺椅，那竹躺椅上的青年学生，我永远也忘不了。虽然自那个夏天后，我再没见过严校长的儿子，但他变成了一个符号，和我的大学梦捆绑在一起，尽管那符号随着年代的推移，抽象得只剩下严校长儿子的概念，却仍像生死朋友一样，念念不能忘怀。

  夏天的印象，成了我记忆中一道永远的风景，成了我永恒的梦想。

  13岁那年，我的大学梦遇到了毁灭性打击，那感觉像一个只图求生没有别的欲望的人，突然听到死刑宣判，一连两天都是泪水洗脸。为了倾诉苦闷和悲伤，我一连写了两封信，一封寄给舅舅，另一封寄给了叔叔，都是满满的两张材料纸。他们收到信后，却无法正常阅读，材料纸被水浸泡过似的，一片一片蓝墨水的印迹，能看清的文字不足四分之一。我边写边流泪，仿佛泪水把材料纸洗涤了一次。

  一个不想多说的原因，初中毕业后，我没拿到升高中的推荐表，意味着我的读书之路走到了尽头，做个严校长儿子一样的大学生，就成了白日梦。

  我跨入大学的门槛是30岁以后，一个培训新闻从业人员的成人班，也叫成人新闻班。时间两年，一年在校学习，一年实习。实习其实就是某种形式，或者说要做足某种履历，那时我已有五年的新闻工作经验了。成人新闻班是由成人学院和中文系合作办的。

　　360多天，除了放假，吃喝拉撒睡全都在校园里，应该也算这里的一分子。开学典礼时，除了成人学院院长、中文系主任，还来了一个学校的副校长。副校长致词时说："从今天起，你们就是湘大的一分子了。"如果嘴里说的是空头支票，但校牌应该说是有力的身份认定。我们到学校报到办完手续，分好宿舍后，每人发了一块校牌，并交代要随时佩戴，否则出了校门就进不来了。

　　虽然胸前佩戴着校牌，每天生活在大学校园里，随着十多岁、二十岁的年轻人的作息时间上课下课，但我就是找不到当大学生的感觉，更找不到严校长的儿子那种在我灵魂深处的大学梦想，还有那个夏天的浪漫。我的感觉就像在工厂的职校办的培训班里，缺少一种燃烧的激情，只有年岁的累积和长期混职场的一身俗气。

　　我明知自己永远也成不了少年时代向往的大学生，但是，我记忆中那个夏天，却时时伴随着我，仍然激励着我，诱惑着我，仿佛有了那个梦想就有了继续往前走的勇气和信心。

　　社会上吹来阵阵"商"风，满世界都是赚钱的吆喝声，我也经不住"商"风的诱惑，下海做了一次卖书的商人。后来，我问自己，为什么要去卖书？其实这答案很简单，还是那个夏天梦想的延续。书和大学有着某种不言而喻的联系。

　　从商的时候，我从南到北。在蓝天白云间，在呼啸的列车上，我仿佛都能感受到凉凉的过堂风，看到半坐半躺的青年大学生，耳畔萦绕着琅琅读书声。商海搏击不到两个回合，我发现自己错了。那个夏天的印象冥冥之中指点我说："那不是你要的。"

　　我终于脱离"商"海，缴械投降了。

　　我又回到了书房。

后来，我才明白，那个夏天的梦想，她不再指向某个具体事情。对我而言，成了宗教和信仰，是灵魂的组成部分，也是灵魂的净化器。她总想让我把灵魂中那些世俗的东西，一点一点地清理干净。

我是个俗人，名和利这对世间俗物，哪怕只有小小的一个缝隙，它就能冒出打扰我，指挥我。而那个夏天的梦想，就像忠于职守的卫士，守护着我的灵魂，不让那对俗物来打扰。我每天要用吃喝拉撒来维持这具肉身的存在，肉身里藏着无法消灭的七情六欲，老天在设计这副皮囊时，一个俗字就无可回避了。

幸亏我有了那个夏天的梦想，我虽俗，但不至于俗得不可耐，总还有一些梦想和天真替我把守灵魂的大门。

路在嘴巴底下

"路在嘴巴底下。"这是父亲常挂在嘴边的一句话。

1971年，我初中毕业，刚满13岁，家庭出身的原因没有升高中的资格。叔叔在广西柳州铁路局工作，他托婶婶娘家的亲戚，帮我在贵州省麻尾找了一份工作。从未离开过父母，从未离开过小镇的我，独自背着旅行袋去找叔叔。母亲要父亲送我到长沙，父亲没送。父亲说："路在嘴巴底下，自己去问吧。"我果真自己去问了。我在韶山买了一张去柳州的通票，到株州（我记不清为什么会在株州而不是长沙）时，我不知道通票是慢车票，而且还要签字，车站服务员不准我上车。情急中，我就紧盯着她。她到哪里，我就跟屁虫似的跟到哪里，而且还带一路哭声。最后，女服务员帮我将车次改签，并把我送上列车。

这次出远门，是我一生中的第一次。也是我后来所有走南闯北的旅行中，印象最深、收获最大的一次。现在回想起来，父亲当初不送我一程，实在是高明之举。"路在嘴巴底下。"父亲的这句名言（凡人也应有名言），充满了人生哲理。他教会了我一种生存方式，是一种无法用语言表述的生存方式。它使我从小就养成了一种不依赖父母、不依赖家庭的思维方式。我今天才明白，"路在嘴巴底下"这句话的真正含义。路，不是单纯指我们今天行走的路，它是一条人生之路。对一个人的未来，这条路任何时候都是陌生的。只有靠自己去闯荡，才能走出一条属于自己的路来。

我要感谢父亲。父亲教给我的这种生存方式，比任何物质的遗产都值钱，是无价之宝。

赵忠祥先生曾主持过一档叫"动物世界"的电视节目。我喜欢这个节目特有的魅力。印象最深的是一种什么鸟（我叫不出名字了），对幼鸟近乎残忍的训练。幼鸟刚学飞时，母鸟便狠心地将幼鸟赶出鸟巢。幼鸟惧怕广袤的陌生天空，欲返回鸟巢，母鸟便狠心地将它堵在门口，用嘴啄幼鸟，不准它入巢。

我很欣赏那只母鸟。

这一幕，在中国父母看来，似乎是有些残忍的。如今生活条件也不错，自然对孩子的各种要求都是有求必应，倾尽全力去满足。我儿子两岁半时，我托关系将他送进了一个全托幼儿园。两岁多的小孩，生活上要自理还有些困难，有时还吃不饱饭。就有朋友说我太狠心了，还开玩笑说，他怀疑孩子是不是我的亲生骨肉。是亲生骨肉怎能下得如此狠心？其实，今天看来是狠心，但到儿子懂事后，他就会感谢我的。就像当年父亲不送我上火车一样。儿子到全托幼儿园两个星期以后，仿佛大了1岁。生活上不但能自理，饭也能自己吃饱了。幼儿园的老师说，他吃不赢别的小朋友，就丢掉筷子，用手抓。那个星期，把儿子接回家后，我表扬了他。尽管儿子对我的表扬不一定能理解，但我要培养的就是这种精神。

我要把父亲那句"路在嘴巴底下"的名言，送给我的儿子。

那年，十三岁

　　从柳州上车去昆明，途经贵州麻尾。离麻尾还有3站时，我便特意留心起麻尾来。麻尾这个名字，对我来说，谈不上亲切，却刻骨铭心。这个大山沟里的小县城，给我带来过希望，也给我带来过遗憾。当时，我把这山沟里的小县城，看作是出现在我人生道路上的一道曙光，是我极度悲观和失望时的一道曙光。当这道曙光被我奶奶无情地掩住时，我曾把奶奶当成仇人般痛恨。

　　初中毕业，父母单位不同意推荐我上高中，13岁的我，想到未来，想到前途，就以泪洗面。我当时，最怕下乡。如果下乡当了农民，今后招工还有我的份吗？一辈子就注定只能当农民了！我给柳州的叔叔写了一封6页纸的长信。我一边写，一边流泪，泪水滴在信纸上。一段一段文字被泪水泡得模糊不清，6页纸都被泪水泡得皱皱巴巴。我把一封浸满泪水的信，一个少年的失望和悲观统统寄给了叔叔和婶婶。

　　叔叔通过关系帮我在贵州麻尾搞了一个招工指标。在麻尾县的大米厂当装卸工。大概是大米加工出来装袋，再背进仓库。我欢天喜地到了柳州，准备到麻尾大米厂报到。住在叔叔家的奶奶知道了，坚决不让我去。奶奶骂叔叔，你把一个13岁的小孩，丢进大山沟里，不是你的崽，你就不心痛？奶奶整天都骂叔叔，骂得叔叔没办法，只好又写信回湖南和我父母商量。一来二去，便耽误了招工时间。

　　当时，我真恨死了奶奶。那时我想，只要不下乡当农民，不管什么工作，都是进了天堂。眼看时来运转，被奶奶破了好运。

　　列车从这个山坡爬到那个山坡，从这个山洞出来，又进入那个山洞。我把头伸出窗外，一山比一山高，列车简直是悬在山梁上。列车徐徐进入麻尾县。我不禁打了一个寒战。麻尾县确实就是一条山沟。沟两边陡峭的山崖，高高的耸立着，山峰像刀口一样薄薄的，切入蓝天白云中。山崖下一条条长长的街道。这就是差点与我命运相连的麻尾县？

我站在车窗旁，呆呆地望着这个县城，我庆幸，有一位高瞻远瞩的奶奶。

人生的选择往往是被动的。拼命地要守住一条固有的轨道，也许就永远失去了另一条轨道。

等列车徐徐驶出了麻尾站，我还在心中暗暗地庆幸命运给了我一次重新选择的机会。要是当时奶奶不"从中作梗"，我就失去了这个机会，我就成了山沟沟里的一个山民。那今天的我，又会是一个什么样的面貌呢？

这是一个谜，一个令人恐惧的谜。

姑姑我不再恨你

我们全家都恨姑姑。

我父亲去世时唯一的遗嘱是"不要告诉她"。父亲连姑姑的名字都懒得提，由此可见，那恨已经入骨了。行将就木，其言也善。然而，父亲硬是带着一个恨字，去了另一个世界。

以前，父亲很疼爱姑姑。姑姑一家全是农民。父亲常带我去姑姑家。一去就送很多东西，左一包右一包连我们的小手都不能闲着。姑姑也经常来我们家。来时，表弟表妹带一堆。走时，又是大包小包，姑姑拿不下，表弟表妹一人背一包。大表弟背上背个大包，压得他像骆驼似的。

姑姑没读过书，姑父也是文盲。大表弟到13岁时，读了6个小学一年级。大表弟从不逃学，持之以恒地读着一年级。二表弟经常逃学，读了3个一年级后，无论如何也不肯再进学堂的大门。

姑姑家很穷，很脏。印象中，她家只有丢在角落里（姑姑家没有柜子）看不出颜色的衣服和几张用木板架的床。木板上胡乱堆着稻草，草上一床看不出颜色的棉被千疮百孔。砖上架块木板，就成了她家的凳子。当地每年救济他们，我家也省吃俭用接济她家。姑姑家好像是黑洞，任多少救济和援助，丢进去就无影无踪了。

　　父亲恨姑姑不是因为她不会持家，更不是因为她穷，而是她的无情。那年父亲被"无产阶级专政"了。父亲被"专政"了一年，罪名是"历史反革命"。父亲下放在姑姑所在大队的农场劳动改造。姑姑所在大队的党支部书记是父亲的学生，父亲一到农场就受到了支书的关照，可以说是被支书保护起来了。父亲到农场的第一天，熟人朋友都来看望他，唯独姑姑一家没来。父亲在农场"改造"了1年，难免不碰上姑姑。父亲第一次碰上姑姑，正要开口叫一声妹妹，然而，姑姑如避瘟疫似的一转头走了另一条道。父亲站在原地愣了半天。兄妹俩还有过几次"冤家路窄"，但每次都如同路人了。

　　父亲过世后，我们便承接了父亲的恨，如同没有姑姑。至今，一提起姑姑，弟妹们还是一片讨伐声。

　　我不知道，我是从什么时候开始背叛父亲，不再恨姑姑。

　　其实姑姑只是一个可悲的人物。她的可悲是因为她愚昧。和敌人划清界线，这没错。错就错在她的思维方式，一种简单的逻辑。如果我们还恨姑姑，岂不是用愚昧对付愚昧？那我们的社会何时才能进步？姑姑的悲剧何时才能谢幕？我想，假如父亲还能活到今天，也不会再恨姑姑了。

　　假如还能见到姑姑，我会对她说："姑姑，我不恨你了。"

小　路

　　我是踏着那条小路和小路上的落叶走进都市的。

　　一条弯弯曲曲的小路，把山坳里一片灌木丛"劈"成两半，从山上往下看，像一条白色的飘带。灌木丛里"劈"出的小路，只能走一个人，见迎面来人，就早早地找一个能让路的地方，让对方擦身而过。山脚下的灌木丛里有两棵大枫树，小路就在两棵枫树之间向山坡和山顶延伸。两棵枫树像两把大伞，为过往行人遮风挡雨。秋冬季节，小路上铺满一层金黄金黄的落叶，双脚踏在上面，仿佛踏在棉被上，有一种温暖的感觉。距离枫树百米之处，有一栋农舍，泥墙青瓦；一条小牛犊站在晾衣服的竹竿下，朝小路的方向发出稚嫩的"哞哞"叫声。暮色降临，母牛带着小牛犊，从铺满落叶的小路上下来，有时小牛犊落在母牛后面，母牛回过头，朝小牛犊"哞哞"地叫一声，小牛犊便迅速赶上来，紧跟在母牛后面。农舍顶上青烟一圈一圈朝天空中很遥远的一片火烧云飘去。

1978年秋天，我最后一次踏着这条小路和小路上的落叶，离开生活了两年多的林场。20年过去，曾经有很多激动人心的事情都渐渐淡忘，唯有这条铺满落叶的小路，一直活在我的记忆里。尤其是久居闹市，小路在脑子里的分量越来越重，每当回想起来，仿佛身临其境，那美，那浪漫情调，远远胜过喧哗的城市。

清晨张开双眼，迎接我们的是高楼大厦和高楼上各种玻璃发出的刺眼光芒；是喧哗的噪声；是生存竞争。忙碌了一天，拖着疲惫的双腿回到鸽子笼似的家，坐在沙发上，看着电视里漂亮女人搔首弄姿的广告，仍无法解除那份都市生活带来的从精神到肉体的疲惫。然而，一旦想起那条20年前的小路，小路上的落叶，小路旁的农舍和小牛犊，全身筋骨自然舒展开来，顿时就神清气爽了。

我很想故地重游，找回那条20年前的小路。

去年，朋友们约我回林场，我谢绝了。当年的老朋友，20多年没见面，我很想去会会他们，叙叙友情。然而，我怕叙了友情而失去记忆中那条小路。20年沧海桑田，那条小路还在吗？小路旁的两棵枫树还在吗？小路上的落叶还是金黄金黄的吗？农舍还在吗？那条小牛犊呢？

　　这是一条无法找回的小路。她已经不是20年前那条小路，是经过我20年城市生活的加工、提练，是一条留在我的记忆中的小路，是一条属于我一个人的小路，是我的一个小秘密。其实，生活中有很多美的东西，是无法寻找的，有时适当的回避也是积极的。让那份诗意，那份浪漫，永远都留在心中吧。

病

妻子手臂冷痛。寒冷进入骨髓的感觉,大概有一年了,多次说要去医院,也就说一说。拖的时间长了,仿佛西伯利亚的寒流赖在骨髓里不走了,于是,去医院的频率在嘴边也高起来。仿佛是出远门,准备不足总是无法成行。

这些年,医院的负面信息,如三四月份北方天空中飞扬的沙尘暴,时不时就是一阵铺天盖地。妻子去医院看病的前两天,我看望了一位生病的朋友,闲聊间,朋友拿出一沓送检单,我无意详看,但他把单子塞到了我手上,我便粗略翻翻,大大小小五六张纸,纸的上方,折了一个小角,回形针把一张张化验单别在一起。朋友说,这沓单子近千块钱,医院所有仪器几乎做尽。我没有统计标价有没有1000块,就把一沓纸还给了朋友。于医,我是门外汉,那些化验单子对我来说是天书,朋友该不该做,该做什么,该做多少,我没有专业的能力做判断。病人一进医院,医生简单地询问几句,然后,就是一张或者两张,抑或是更多的送检单,这也是固定程序。这种程序,也普及到了中医,中医几千年的望、闻、问、切,似乎也敌不过几张送检单。

我有一种杞人忧天的想法,如果过分依赖机器判断病情,时间长了,医学院学的知识和前人的临床经验,岂不要尘封?这种想法，我只能放在心里，不可能说出来。这想法可能幼稚，专业人士看来还可笑，但作为不懂医术的病人和家属，持我这种幼稚想法的人，也许不是少数。

我看过一部电影，不记得名字，也不记得人物的姓名了，只记得一个细节。说的是古时候一个年轻人，拜一个老中医为师。老中医要年轻人跪下发誓，学成之后，扶危救困，救死扶伤，决不巧取豪夺。年轻人发完誓后，才行拜师大礼。华佗救死扶伤的故事，传诵了近2000年，老百姓口口相传，华佗的神化和理想化，让我们对医生这个称号，有着一份沉重的期待。今天，要是华佗再世，人们盼望的也不仅仅是他的高超医术。

我有十来年没进医院，这十来年运气不错，没生过痛苦不堪的大病，定期头痛咳嗽的小感冒，自己在药店里买点常用感冒药，一般就二三十块钱。

妻子手臂冷痛，已超出我的经验范围，只有到医院才能解决。朋友说，做了近千元检查，把有可能发生在人类身上的众多疾病都统统排除了，只剩下骨质增生。朋友夫妻都是公务员，他们的财力还能承受这种排除法。妻子是1990年初全市第一家破产企业的下岗工人，近20年的下岗历史，让我们一家人都培养了看紧荷包过日子的习惯。尽管我的月收入在这座小城的打工族里，也可算中等往上，但一个人的薪水，面对高物价、高房价，再加上一个读大学的儿子，怎样一个势单力薄就无须多说了，再要遇上医院的排除法，虽不至于倾家荡产，但心尖尖上痛个三五天，也不算夸张。

总之，就算倾家荡产，有病还得治病。

医院任何时候都比集市还忙，人们愿意用半生或者一生的心血和积蓄，来换取生存的希望。

我给妻子挂了一个专家门诊。刚到专家门诊门口，妻子示意我在门外走廊等候，不要进去。开始我没理解妻子的意思，又不是妇科，不须男人回避，而且房子里已传出熙熙攘攘的男女之声。我历来好静，走廊里有凳子坐，也不熙攘，乐得一个自在。

我坐在走廊里，不停地掏出手机看时间，看了4次，间隔五分钟，我也想不清，为什么不多不少，每次都是5分钟。看完第4次时间后，陆陆续续出来了三批人，门诊室里安静下来，这时传出医生和妻子的对话。开始是询问病情。后来不知什么时候，怎么就把话题转到妻子下岗上来了。妻子说，10多年前厂里就破产了，老公也下岗了，生活来源靠打零工，再加上政府200多块钱低保。

这时，我忽然才明白，妻子为什么要我坐在走廊里。刚出家门时，妻子说："你这样子不像下岗工人。"我笑着说："本来就没下岗，好好的要像下岗工人干吗？"

"先查查风湿和类风湿，再查一下血糖。"医生说完，妻子就拿了一张送检单出来了。到收费窗口划价，还好，只有120多块钱。没所有项目都做一遍，看来妻子的哭穷计还是生了效。

手臂冷痛，在我和妻子看来，不算大病，后来医生也证明不是大病，但整个看病过程，却是兴师动众折腾了一天半。抽血要空腹，第二天一大早，我又陪妻子去抽血，抽完血又被告知，要下午3点，才有验血结果。我没有医学专业知识，我无法判断，我们现在的医学是进步了还是退步了。从社会学的观点看，今天的生活中，无处没有高科技的影子，医学领域的高科技，更是让人叫绝，还有疑难杂症的攻克，医学进步的结论，似乎是无可怀疑的。但有时我又不明白，现代医学科技，把一个小病的诊断，变得如此复杂、麻烦，导致病人看病成本急速飚升，是科技的进步，还是人类的退步？如果时光退回去1900年，让华佗来诊断妻子手臂的冷痛，到底要多长时间，才会有诊断结果？从现有资料看，好像没有折腾一天半后才给病人结果的记载。

妻子拿着检查结果进了门诊室，我仍坐在走廊里。医生说，都很正常。医生又问妻子："手发麻吗？"妻子说："不麻。"医生说："要不……"我侧耳静听医生的下文。3分钟，门诊室里少有的安静。医生说完"要不"二字，就没了声音，妻子也没发问。大约3分钟后，我听到医生自言自语地说："手不发麻，其他地方又不痛，骨质增生的可能性不大，你家里困难，CT不做算了。"医生停了停，又说："做个心电图。"妻子带着疑问地重复了一句，"心电图？"医生说："心电图不贵，只要十多块钱。"

心电图结果，不到20分钟就出来了。纸上弯弯扭扭的曲线，我也看不懂。医生说"正常"。妻子问："是什么病？"医生没有正面回答，说："没什么药吃，要不，吃点大活络丹，活活血。"医生又说："这药，可以到外面药店买，药店便宜些。"

我不知道，是妻子的哭穷计把医生蒙蔽了，唤起了医生对弱者的同情心，还是这医生一开始就没打算对我们的荷包大开杀戒。这次看病虽折腾了一天半时间，但只花了130多块钱，也出乎我的意外。

钱不多，130多块，几乎对我构不成什么负担，但妻子看完病后，手臂上的冷痛并未解决，却又把冷痛的阴影投到了我心上。套用法律术语，我们的行为有点防卫过当。放开职业不说，单从自然人的角度，是我们骗了医生，如果医生发现自己被哭穷计所骗，今后还会对弱者施怜悯之心吗？

现代社会，科技改变了人类的生存方式，古代从甲地到乙地，往往长途跋涉大半年，而今也许就是两三个小时的高速；科技还改变了人类对世界的认知，毫无疑问，现代人所了解和掌握的知识，远比古人多，然而人类自身却无进步，单从人性说，今天的自私、多疑、冷漠、互不信任，在人类的聪明加不懈奋斗发展起来的高科技面前，我们只有尴尬。个中原因，只怕各人心里都有数，只是不便于直说。也好，待到我们这一代人都作古了，做了祖宗后，给我们的后代，留下一个研究历史的课题。

第二辑
不得而入

另一种梦想方式
不得而入
让灵魂去流浪
男人的痛
…………

另一种梦想方式

　　我身上每一个细胞以及细胞呼吸的每一分钟，都只能用不自信来描述。我羡慕那种牛皮喧喧的人。我的故乡把那种自信到了临近爆点的牛皮大王形容为牛皮喧喧，他们的自信仿佛是一张被风撑满了的帆。就算我想学着牛皮喧喧，但是，我那张自信的帆却扬不起来。我不是关不住风的豁唇，更不是大舌头、结巴，一切能牛皮喧喧的物理条件和其他人一样发达。按理说，一个最不走运的倒霉蛋，一生总有几笔可以牛皮喧喧，也免不了要牛皮喧喧几次，而我离老迈只差一厘米的年岁了，人生的写字板上，却找不到这类记载。在朋友们眼中，我应该也是一个牛皮喧喧过几次的人。他们都不相信我会缺少某种自信。事实上，那种进入了骨子里的不自信，像压在五行山下的孙猴子，想牛皮喧喧也无法得逞。

　　三五人以上的集会，尤其是有湖南之外的朋友们在场，我的嘴唇仿佛被胶封住了，只有耳朵老老实实听朋友们海阔天空。也许，有人以为我不爱讲话，是先天嘴拙或是脑子反应迟钝，寻找不到答案。对脑子的反应我有足够自信，遇到问题，虽也有像电脑内存不足死机的状态，但概率小得像女人生三胞胎四胞胎。在某些场合，我脑袋里那些快速而又智慧的反应，常常封在大脑的仓库里独自欣赏。我不是羞于言表，更不是话不投机半句多，而是我的声带里发出来的词语，具有排他性，除了本省，五湖四海皆为排斥对象。

我的声带仅能发出一种叫湖南话的方言。湖南话也无法走遍湖南。我没有研究过湖南方言，不知道湖南话这个大框子里，还装了多少小框子。我说的方言，仅为其中一个小框子，叫宁乡话，再细分出一个新单元，又称宁乡灰汤话。这个通行地域40多平方公里的方言里，藏着毛泽东和刘少奇两个大人物的声韵和尾音。灰汤是宁乡、韶山和湘乡的交界地。我在一篇写灰汤的散文中描述过，灰汤、韶山、花明楼三地的物理距离，几乎是一个等边三角形，直线距离20多公里。尽管到岳阳30多年了，那口宁乡灰汤方言，也混入了个别岳阳尾音和偶尔两个普通话的词语，但是，仍常有湘乡和韶山朋友沿着我的方言认我作老乡。

语言，是人与人之间的一座桥。连接心灵的桥。人与人的相识、相知，全凭这座桥。我的桥无法与外省朋友连接，方言让我站在彼岸。就算睫眉相接，心仍在彼岸，只能无声遥望。方言成了我的蚕茧，一层层，一圈圈地包裹着我，把我与世隔绝。

那年月，30岁左右，去外省开会或学习，中途换乘能遇上一个座位，就算祖上积德了，冥冥中被上苍照顾。这种好运气，10次旅途难遇一次，其余，则是一张报纸铺在座位下面，疲倦的身子如是蜷屈在他人的屁股下。旅途的劳累，回家香香美美地睡足6小时，腰腿上的活力又回到了出发前，唯有嘴唇两旁的腮帮子还滞留在旅途中。两个腮帮子上的疼痛，三五天后，才像情人分别似的磨磨蹭蹭地离去。每完成一次外省旅行，两个腮帮子就要承受一场苦难的考验。一口从湖南方言里强掰出来的普通话，是两个腮帮子付出了吃奶的力气，才搞成的半成品。有一半还是谜底，要让别人去猜。如今，过了知天命之年一大截，腮帮子也老了，不肯再给我强掰，半吊子普通话也成了回忆，成了遥想当年的事情。面对外省朋友，我的"杂交"湖南话，几乎全是谜底了。

  30多年，身上的肉从50多公斤，长到近80公斤；脸上由最初的几条皱纹发育出了一大把；胡子也白了，唯有灰汤口音仍像我20来岁那样年轻有活力。虽有杂音混入，但在灰汤人耳朵里，还没有失去正宗原味。同事笑我，"读书"成了"臭书"，"真的"成了"中的"，"买东西"成了"卖东西"，"团结"成了"坛结"。爱人娘家有个亲戚，平时少有往来，有次偶然相遇，怀疑我在电视台工作的真实性。电视台有不会说普通话的人？按照这位亲戚的逻辑，电视台的工作人员，都像播音员一样，张口就是标准的普通话。这样的疑问，我常常从刚认识的朋友眼中看到，只是他们没像那位亲戚一样用言语表达。有个主持人朋友，常在舞台上扮演毛泽东，出门常被粉丝追捧。他常找我探讨韶山话。我是他身边唯一能探讨毛泽东乡言的知音。

  从宁乡灰汤到岳阳，人生转折的前夜，母亲简单交代了几句注意事项。那时父亲离世已有4年，当我独自走向一个陌生的城市时，临行前的嘱咐自然由母亲来完成。母亲是知识女性，20世纪40年代末的初中毕业生，小学讲台上站了30多年，养成了行事简练、不唠叨的性格。母亲简单的交代，于我不是简单地接受。母亲每一句话，是要进入血液，融入骨髓的，对我的影响，延续到青春期以后，有的可能是一辈子。母亲的简单交代里，有一句是"不要学一把腔回"。腔，在现代汉语词典里有两个解，其中一个就是说话的腔调。故乡灰汤，凡是有异于本地话的，不管是普通话，还是广东话、新疆话或者英语之类的外国话，都称为腔。那个时代，一个外地人到我的故乡，最能引起轰动效果的就是有异于本地话的那把腔；本地人如果在外混了几年，学一把腔回家，必受嘲笑和鄙视。还要上升到道德的高度，轻则说朽，重则是忘本，背弃祖宗。朽，在我故乡的语系里是张扬、显摆，德行不好的意思。母亲从教的学校是个大屋场，和农户杂居。隔壁邻居的儿子，在部队当兵，想回家探亲时顺便找好对象。一连见了3个女孩，都因那把腔被对方拒绝了。邻居儿子说一口部队普通话。腔是变化的开始。没经历过的人，也许以为我在复述卡夫卡或者马尔克斯笔下的故事。

居岳阳30多年，我仍是一把宁乡腔。朋友们说我是乡音不改。30年前，说乡音不改，是赞扬，是夸奖我热爱故乡，而今天，再听到这样的赞扬，就像皇帝赐的一座碑坊，表扬旧时代的寡妇忠贞不二。

我的宁乡腔，不是因为母亲的简单交代才坚守至今。也许，母亲早就忘记了她当年的简单交代。母亲的简单交代，是那个时代的事，只在那个时代有效。任何人都不能提前进入未来，也不可能留在过去不变。母亲不是守旧的人，85岁能听懂孙辈们的网络语言，还能在鼠标的世界里找到乐趣。宁乡腔曾是我的一个包袱，一个有些沉重的包袱，我曾试图甩掉它。我努力了，但失败了。不是失败于母亲的简单交代，而是两个腮帮子不配合我。那年，我在北京香山参加为期一个月的企业报总编辑培训班。香山的美景让我忘记了故乡，混在天南地北的朋友里，我的宁乡腔只剩了3成。回到岳阳，两个腮帮子不干了。它们说，痛，太痛了，受不了，还是用你的宁乡腔。我不心甘半途而废，但摆不平，两个腮帮见缝就偷懒。刚用半吊子普通话开头，后面就全变成了宁乡腔。十天半月后，连卅头的半吊子普通话也没了。宁乡腔让我的两个腮帮子过上了舒爽日子。后来，还有过几次类似香山的机会，但最后都是同一个结尾。

儿子刚去上海读本科，住在一个宿舍的重庆同学，提议每人说一段家乡话取乐。4个人，除了重庆同学外，都不会说家乡话。他们只有一把腔——普通话。我的小家庭，也是一个语言博物馆，我说宁乡话，爱人讲岳阳话，儿子是普通话，一家三口，各说各的，互不侵犯，也不浸透。儿子从中学到大学，英语像一块顽石横在他面前，要跨越它便要多出几倍于其他课程的工夫。儿子把责任推给他老子，说是遗传。我缺乏语言天赋，除了先入为主的家乡话外，其他要算白丁。这责任我无法向下推脱，向上推又无意义。儿子的汉语拼音是响当当的，考了级，拿了普通话的合格证。我至今还靠音标判断谁是汉语拼音，谁是英语。我书写汉语，却不能准确地叫出名字，即使叫出来也是宁乡腔。因此，常在外省朋友面前闹出笑话。

  母亲退休 30 年，弟妹们也在 30 年前陆续从宁乡灰汤出发，各奔前程。灰汤于我，已没了血肉联系。那时年轻，除了事业、奋斗，全身都找不到故乡的概念。故乡回归我的精神后，我却又找不到物质的故乡了。我常以故乡有 90° 的温泉而骄傲。温泉旁有一口池塘，池塘高于田埂，泉眼在田埂下面。泉眼如一口小锅，温泉就从那小锅里冒出来，爆豆子一样跳起来，然后落下去就成了一个个水泡泡。如今，泉眼永久地闭上了眼睛，连那条小田埂，也不知溜到什么地方去了。昔日的泉眼旁，冒出了两座水塔。是水塔夺去了池塘下的温泉。我的故乡没有塔，只有裸露在田野间的泉眼，还有飞向天空的白茫茫的雾气。我的故乡是灰汤人民公社。在通往韶山的沙石公路两旁，零星的几栋楼房，还有围墙围成的公社机关小院和供销社小院。现在，这条公路被钢筋水泥占领了，当年那些老朋友似的沙石已流放到远方，我再也见不着了。两旁零星的几栋楼房和小院，都把位置让给了花枝招展的商铺。灰汤是宁乡的重镇。她的重，是她的变，是我年少时物质的灰汤颠覆性变化的速度和程度；她的重，还重出了一个高于其他乡镇半格的帽子；她的重，还重进了湖南重点发展乡镇的名册里。我在网上看到一则消息，长沙市重点扶持 4 个 10 万人口的小城市。行政官员把列入计划叫"进笼子"。灰汤进了这个笼子。在城镇化建设官员的抽屉里，灰汤已经是一个 20 平方公里的小城市了。灰汤还是我的故乡吗？从地标性建筑和我的物理记忆里，灰汤早不是我的故乡了。它是和我故乡在同一个经纬度上生出来的新灰汤。就像我那出生于岳阳的儿子，他还是一个纯粹的宁乡人吗？双脚踏贯了泥土的地球人，还不习惯用经纬度来寻找故乡。

灰汤是我的故乡。不管是今天的灰汤，还是我记忆中的灰汤，都是我的故乡。我从不怀疑这个结论。故乡的物理痕迹，被时间把影子都擦洗掉了，但她仍是我的故乡。我有一个永远不能翻案的证据。灰汤街头那口宁乡话为主，附带韶山、湘乡尾音的灰汤话就是最有效的证据。乡音，乡音，那是母亲的声音，是母亲呼唤远方的儿女；灰汤，灰汤，从乡音里游子找到了故乡。乡音是故乡冬日的阳光，和暖的春风；乡音是故乡记忆中的山河流水，是故乡的全部内容。

我的故乡是从乡音里找回来的。我的故乡藏在乡音里。唐朝贺知章也是从乡音里找到故乡的。

如今，要从年轻一代口中找到乡音，就如在大街上寻找一件补丁叠补丁的衣服，近乎徒劳。这是丢失了乡音的一代。他们到了我这样的年龄，没了乡音，还能找回自己的故乡吗？找不回故乡，也许，精神便要失去承载的土壤，灵魂将缺少一份来自故乡的慰藉。人生其实就是三段：一段是成年前的混沌期；二段是打拼事业的梦想期；最后一段是年老体弱回归过去期。对于过去的怀想，最美好的是童年，是故乡。故乡，是年老体衰后的另一种梦想方式。

河流可以改道，山头能换新貌，一切物质都能在瞬息间轮回。政治家的版图，凭实力加运气，有可能一夜间出现忽大忽小的奇迹，甚至还有生死传奇。故乡不是政治家的版图，故乡是文化，是语言。文化和语言是永远的故乡。物质没有传承，只有再造。文化和语言是一代一代传承和发展的，任何文化和语言，都无力否认出身或伪造出身，更不能像高楼大厦一样推倒重建，永远和过去告别。文化和语言的过去、今天、未来是同一个生命体，三个时段联结在一起，一同呼吸，一同排泄。

方言给过我烦恼，同样也赐给了我心灵的慰藉。等我迈过最后 1 厘米，进入老迈之年，方言将不再是我的敌人。我会和她一道遨游精神的故乡。

不得而入

　　进了这扇大门，就是我的故乡，我的第二故乡。洞庭湖畔一家特大型现代化企业。这里，有我青年时代遗留的痛苦和欢乐，还有干涸了的汗水。我把这扇大门里的世界固执地称为故乡，最初是《现代汉语词典》"教唆"的，它说，故乡是长期居住过的地方。它又告诉我，居的意思也是住，住是住宿。它后来的深入解释我就不服了。这扇大门里，确实不曾有过我一张卧榻，但是，生命中六千多个白昼从这里消失，白昼里有我的青春，最美最蓬勃的生命。难不成只有卧倒过的地方才是故乡？站着、坐着的地方就不叫故乡？我不服又能怎么着呢？也许"故乡"这个词诞生时，白昼和夜晚不曾像今天一样极端对立，把白昼交给办公室，而把夜晚交给家，这两个地方，就像金星和水星，都围着太阳公转，却各有各的轨道。于我，故乡的意义，发生在这站着和坐着的时空里，而那卧着的地方就像夜晚一样空洞和迷茫。

　　"喊你呢，没通行证也敢往里闯？"凶悍的声音从后面越过来，挡在我眼前。

　　大门旁的保安都不认识我。也许我第一次走进这扇大门时，他们还没出生；我告别这扇大门时，他们还坐在教室里读书。这扇大门也不认识我。和我相识的大门，是一袭土布衣服，两旁顶梁柱像我出生的年代营养不良的人一样单瘦，我每天路过那单瘦的身旁，有种顶天立地的精神从我的身体里长出来。难怪现在的大门不认识我，它是一个穿着丝绸的贵族；那身绸缎发光放亮直刺我的眼目；两旁顶梁柱膀阔腰粗，像营养过剩的肥胖儿。大门右边有一座山，山肯定还认识我，转过头往右看，山不在了，一块人造小平原仿佛对我说，你是谁？来干吗？人造小平原上建了一栋七层大楼，大楼也用陌生的眼光打量我。

"你说你是厂里的老职工，打电话给你以前的同事，叫他来门卫接你进去。"和善的声音。这人肯定是保安的头儿，至少是大门旁这些保安的头儿，我就认他做这些保安的头头吧。

这扇大门里的哪一个角落我不熟悉？哪一张脸我没见过？当年，这扇大门里有长脸、圆脸、尖脸、方脸各式各样的脸型三千多张，如果每一张都得对上各自的名号，题目难度偏高，有怪题、偏题的嫌疑，如果换一种题型，在工厂之外，只要是这张大门里的面孔，就算是在人海中，也逃不过我的眼睛，仿佛贴了一张特殊商标，专等我的眼睛来辨别谁是这扇大门里的同事。

见到数字我的脑壳就成了木头。我曾试图记住常用的银行卡密码，一组数字，小学生背乘法口诀似的，背十天半月，一到银行就卡壳了，脑壳里怎么也找不到那些数字。而我曾经的办公室电话，10年20年前，却仍如昨日一样鲜活。我拿出手机没做思考，按下一串数字，10多年前的电话就响在我的耳旁。但对方无人接听，电话里的声音断了，我又拨。

"不要打了，张科长来了。"和善的声音又说，"张科长，这人要找你们宣传部。"我不认识张科长，张科长也不认识我。我说找某某某，张科长说没有这个人。问他们现在的部长，张科长说了一个名字，我不认识，在我的记忆里也从来没听说过这个名字。我又问他们部里的副部长、科长、干事一干人的名字，张科长把一个个名字报出来，我如身在异国他乡，脚下是一方从未涉足过的土地，陌生的浪潮一阵阵袭击着我。

我说了10多年前我办公室的电话号码。张科长说这电话号码现在是他办公室的，至于10多年前是谁使用，他从没听人说过也没办法去考证。

当年我和老丘一个办公室，那时他在谈恋爱，这号码整天为他响个不停。我和老丘一个星期有6天（那时是6天上班制）面对着面，如果我是一面镜子，他哈哈一笑，皱眉一叹，挖挖鼻孔，擦擦眼睛，都必将收入我这面镜子里。有时起草关系到全厂某个精神文明建设的方案或撰写某个重大汇报材料，我们一连两天把夜晚当白昼用，只有去食堂吃饭，到厕所方便，才走会出办公室。

"如果老丘在我们厂工作，你打他的手机吧。"张科长给我指了一条新路。我依稀记得曾经存有他的手机号码。多年前一次偶遇时相互留下的，印象中从那号码进入我的手机起，就像被打入冷宫的妃子，再也没有重新见过天日。手机里果然有他的名字。我第一次拨通这号码时，也成了最后一次拨，手机里有一个甜甜的女孩告诉我，您拨打的电话已停机。

"哼！哼！"鼻孔里发出的声音。老职工？老职工个狗屁。谁也不认识你，还老职工？不是骗子就是搞推销的。哼！哼！骗谁呢！凶悍的声音仿佛占尽了道理，阻止我这骗子或者是搞推销的进入大门，有一种建功立业的快感。

谁能证明我和这扇大门里的关系？大门里那栋大楼能证明。它在我眼前，我在大门外却不得而入，我只能隔空相望，如果站到它身旁，它肯定认识我。20多年前，大楼左上角有个高音喇叭。我还没离开大厂，高音喇叭就完成了它的使命，大楼从此沉默了，再也发不出声音。当年，大厂有三个高音喇叭从不同的角度刺激我们的耳膜，80多分贝的音律，从不遗忘哪怕是小小的一个角落。后来，讲环保才知道不同条件下50分贝至70分贝就算噪声，在禁之列。以前大门里的人几乎都知道我的名字，我也算大厂的名人，这全是近80分贝的噪声所赐。那80多分贝的噪声，把我的名字灌进3000多职工的听觉神经并存进记忆里，没人能幸免音律的侵袭。多年后，我到了市里一家媒体，偶尔遇到曾经也在大厂被80分贝的音律侵袭过的同事，他们还记得我的名字。那时我刚刚完成从倒班工人到宣传部新闻干事的身份转换，我的新职业是写新闻稿，用手写，电脑的名词还没有进入我当时的大脑，手下一张张写满汉字的稿纸，仿佛是金片，用我对新职业的激情当糨糊贴在大厂脸上。那一年，我在报纸、电台、广播站发表了280多篇新闻稿。20世纪80年代中期，市里唯一的媒体是广播站。离上班半小时，高音喇叭就响了，先转播中央电台新闻，再转播市广播站新闻。转播市广播站新闻时已到上班高峰了。几千辆自行车，同一时间朝厂大门挤拥而来，如决堤的水，漫满了厂大门的一条公路，人河一样朝前翻涌。有一次，我陪一位报社的摄影师爬到办公楼顶上，拍一张上班路上的壮丽图片，一条公路，1000多米长，只见黑乎乎的脑壳在移动，一个抵一个。我当时并不看好这张照片，后来听说这照片获了什么奖。我的名字，每个上班日的这个时间，就朝公路上那些上班的脑壳轰炸。

　　凶悍的声音鼓着一双大眼睛，把我当贼盯，连我擦擦鼻孔的小动作也盯着不放，仿佛抬手间也藏有莫大的阴谋。

　　站在这扇不得而入的大门口，我的心对着办公大楼呼喊，大楼你帮我做做证，证明我不是搞推销，证明我不是贼！它就是不开口，是没看到我，还是也不认识我了？办公大楼二楼从左往右的第三个窗口，是我曾经的办公室。我第一个电话就是打到那个窗口里。窗口里面现在办公的人是张科长，他不认识我，窗门你应该认识我，当年我每进办公室，都扶着你打开来，下班时又把你关上，十天半月，用抹布擦掉你身上的尘土，那时，我们岂止用熟悉形容？我擦亮眼睛再看时，我错怪了这扇窗户。我擦抹过的窗户是铁的，刷着淡绿色的防锈漆，难怪现在的窗户也用陌生的眼睛看着我，闪亮的铝合金，还有放出深绿色光亮的玻璃，它不仅对我陌生，这环境于它也还是陌生的。办公大楼是昔日那栋大楼，但着了一套华丽的外衣，墙面的瓷砖把认识我的沙浆墙面遮挡着不让它见我。当年的沙浆墙面肯定不知我站在大门外不得而入的尴尬。

不认识，都不认识了。如果它们都认识我，能叫故乡吗？"少小离家老大回，乡音无改鬓毛衰。儿童相见不相识，笑问客从何处来。"唐朝贺知章回到故乡也有人不认识他了，才发出如此感慨。

我有两个故乡：第一故乡是湖南宁乡灰汤镇，那是一个出温泉的地方，它和韶山、花明楼是个等边三角形。90℃的温泉夺得亚洲第一的美称；第二故乡就是这不得而入的大厂。这个大厂曾被誉为洞庭湖畔的璀璨明珠，芙蓉国里一枝花。"芙蓉国里一枝花"，曾是我发在省报头版的一个新闻标题，后来，这七个汉字广泛地出现在汇报材料、领导讲话、上级表彰等各类媒体中，那个时候，我所有的文字，都没有这七个字耀眼，可惜，后来的使用者，都不知是我的专利。

我20岁离开灰汤，20多年后再回灰汤，也遇到了贺知章的尴尬。我感到温暖的是有条无名小河汊还认识我，河汊上的小桥还认识我。20岁那年，我从小桥旁坐汽车离开了灰汤。汽车启动了，我默默地注视着那条小桥，这是我和灰汤的初次告别。小桥目送我离开灰汤，直到看不见我为止。我每每想到第一故乡灰汤，脑海里首先出现的画面就是那座静静地目送我的小桥。

从小镇密集的人群里，找不到一张熟悉的面孔了，但只要报上我父母的名号，小镇的原住民，不管男女老少，都会从"笑问"变"笑迎"。回家的温暖如蜜甜润心灵。故乡，故乡，这里是我的故乡。父母在小镇从教20多年，不知有多少人是我父母的桃李。这些人记得我父母，也记得我年少的模样。从他们后代的诚挚笑容里，我也能读懂他们脸上的文字：知道，知道，听爷爷，听爸爸说过。这就是我的故乡——灰汤。不管我游到海角天涯，不管我鬓毛多么霜白，只要我回到这里，他们都能认识我。灰汤的每一寸土地，每一个熟悉或不熟悉的父老乡亲，都会敞开胸怀迎接我。

年纪大了，喜欢回忆。生命的最高峰在中年，中年一过，前面余下一个一个缩水的波浪，只有回过头来才能再次看到巅峰。生命滑向谷底时，回忆就是最好的慰藉。近年，我时常做回忆的游戏，游戏的场景离不开故乡。我的两个故乡，游戏场景最明亮，出现频率最高的是第二故乡。第一故乡，年少懵懂，记忆都已支离破碎，拾起来很美，却雾中赏景似的，十分吃力，常常不得不中断游戏。第二故乡，我的大厂，回忆的画面，像保存在收藏夹里的视频文件，随意调取且图像清晰，画面流畅，既不卡顿，也没马赛克。这是一段情感饱满，最有生命亮色，最有戏剧性的生命历程，也是一座充满回忆资源的宝库。

"先生，这是现代化大企业，也是全市重点防火防爆单位，没有通行证，厂里也没人同意你进去，我们绝对不会放你进去，我们也没权力放你进去。请先生理解。我们在执行公务，请先生离开厂大门，再次谢谢先生理解。"和善的声音双脚并拢，右手举到额头旁，挺起胸膛，给我敬了一个礼。

理解。我当然理解。当年，进入国有现代化大企业那份荣耀，仿佛实现了我人生的最高目标，将我振奋得几晚都睡不好觉。这些从国外进口的世界最先进的设备落户洞庭湖畔，整个洞庭湖区从农业文明一跃进入工业文明，完成了2000多年的历史跨越。我也知道防火防爆与生命同等重要。新工人学习班上，我们接受了安全员的一再教诫：安全就是生命。这座大厂一旦发生爆炸，不仅是1000多年的历史名楼——岳阳楼烟飞灰灭，整座城市也会夷为平地，几十万生命将血肉横飞。那时，我仿佛顶着一个炸药包上班。

　　故乡，我的第二故乡，我无法像拥抱第一故乡一样拥抱你，但是，我不遗憾，遍布在故乡的管道、罐塔、油泵以及记载着我成长历史的一切，它们深藏在我心中，和我保持同样的体温。面对这张大门，就算终身不得而入，我仍把大厂当作我的第二故乡。一个无法抹去我成长记忆的第二故乡。

让灵魂去流浪

　　年少时的文学梦，注定了我一生的走向。正因为是一个梦，才会在三十年后仍长睡不醒，当今是一个只有少数文中翘楚能用文字喂饱肠胃的时代，而我仍冒着清贫的风险为年轻时的梦而坚守，有朋友夸奖我的执着，其实我也明白，凡尘俗世，一个词的褒义和贬义也因时因地而含义不清，20 世纪 80 年代饿着肚子谈文学被认为是一种精神，一种令人仰视的精神，现在再饿着肚子谈文学，那执着里就夹杂了迂和酸的味道。莫言获得诺贝尔文学奖后，我的非文学朋友们嘴边常溜出对莫言的羡慕和崇拜，我太熟悉他们了，那是一种物质化了的羡慕和崇拜，是几百万美金和从此坐在家中就可享受的版税，而我等 1000 字还难保证一两百元的稿费，等同于一坛子酸醋，旁人闻其牙齿发软，全身起鸡皮疙瘩。

　　我已过了做梦的年龄，却仍执着于一个看不到收成的梦想，自然给朋友们留下诸多纳闷，其实我自己也无法用文字和言语说清个中原委，几年前，取下头上那顶总编辑的帽子，静下心来潜到文字的深水区，我才发现仿佛摆脱了地球的引力，逃离了尘世间喧哗的一端，那喧嚣的中心离我就有了孙大圣翻一个筋斗的距离，而我的世界随之也广袤无限。我无法向朋友们描述我的那种感受，多说也无用，宝玉戴过的那顶不与世俗同流的疯癫帽子，现在都完好无损，随时会有人给你戴在头上。

　　我进入大厂的第二年，刚20出头，凡沾上文学二字的人和事，就是心中的一尊神。这年我认识了一个诗人，他姓氏拼音的头一个字母是L，我就用L相称。一听L的名字，耳旁仿佛响着轰隆的雷声。走进L的房间，读了他发表在杂志上的作品，才感受到轰隆之声不虚，L这名字，有资格拥有雷鸣之声。当年，我除了在新华书店见过满屋子的书外，从没在某个私人空间见过百册以上的图书。四面墙壁，三面半是书柜，整面整面码满了书。书假如有知觉，肯定也会挤得腰酸背痛。我的第一感觉，不是L拥有这间房子，而是L的几千册图书，占有了这间房子。这间房子的真正主人，只在书桌旁占据了一个能容下屁股的位置，再就是床上一个长度为一米六的长方块，其余空间，都属于图书。在这间房子里，图书和L各自拥有的空间比例是西瓜和芝麻之比。L请我坐。唯一一个凳子，上面还堆了大小十来本书。我看了一眼凳子，没坐，无法落坐。L不好意思，笑笑，将书搬到床上。我的目光随书走，看到床上一个不该看的东西——女士内衣。L也看到了。眨眼工夫，女士内衣被塞进被窝里，动作之快，比小偷的手指功夫还利索。

　　因为他家中书多，又会写诗，自然被一双双眼睛包围着，被一张张嘴巴赞誉着。在车间和同事们聊文学，十之八九不是从L聊到文学，就是从文学聊到L，在我们那个小世界里，L成了文学的象征。尽管大家背地里都说看不懂L的诗，但没人敢说他的诗写得不好。当年大厂有3000多职工，3000多人里仅凭姓名就能找到其人，除了厂长之类的公众人物，对一个没有一官半职的倒班工人几乎是大海捞针，但L是倒班工人中的例外，向大厂3000多人中任何一个人打听L，人们就会告诉你在某车间。我在《认识一个电工》的文字里说过，大厂有一个文学爱好小组，开始叫文学爱好小组，后来就不是小组了，是一个大组，能时常吃喝在一起的就有百十号人，用今天的话说是一个相当有规模的文学社团。那些没有进入这个小组的散兵游勇谁也说不清还有多少。

　　L的绝活，是背诵诗歌。他大脑里仿佛是诗库，要什么诗不需思索，信手拈来。我随手从书柜里拿出一本诗集，问到哪他背到哪。我翻开莱蒙托夫诗选，找到《伊斯梅尔贝》，数数有2496行。这是我看到的最长的诗，迄今为止，我的诗歌阅读史上，还没超过这个长度。我有意为难他，说："一字不漏把《伊斯梅尔贝》背下来。"L说张口就来，"灵感如今又重新来寻访/我的寂寞而阴沉的心房/而把忧伤和热情的残骸/都化为这些美妙的诗章……"他背诵时，双眼紧闭，像恋爱一样投入、陶醉。我对着书本，一字一行跟随他背诵的速度，果真一字不漏。若不是亲眼所见，亲耳所闻，我决不相信。

　　奇迹。不佩服他，我还叫文学青年？

　　我心中偶像的位置，毫无商量地被L占据了。

　　我以他为榜样，也开始背诵诗词和短小散文。我不背外国诗，也许是我对外国诗水土不服，怎么下功夫都记不住。国内诗歌好记，也好背，如舒婷的《致橡树》、北岛的"卑鄙是卑鄙者的通行证/高尚是高尚者的墓志铭"，还有唐诗宋词和唐宋八大家的散文等。化工操作工的特点，机器没有故障，人也如机器一样，8小时不动窝。我买了500多张卡片，每张卡片抄一首诗或一篇短文。上班前，放一张到工作服的口袋里，坐在操作室，不时拿出来看看，边看边默记。8小时下来，卡片上的诗文背得烂熟。我记忆里的一些诗文，都是那时装进去的。

　　这之前我一直不明白，什么叫书中自有颜如玉，书中自有黄金屋，认识L后我才明白，也就是说我从L的书海里看到了L的颜如玉。我发现L书中的颜如玉其实是从看到龙姑娘开始，她让我一下就明白了古人为什么说书中自有颜如玉。上午十点半，我无预警地推开 L 的房门。我先一天和 L 约好了，我以为 L 在房间等我。那个时代，没有隐私一说，有隐私也是肮脏的，不可见人的，我没敲门就长驱直入。L 和龙姑娘躺在床上。门刚开一条缝，"吱呀"一响，眼前突然闪过一道白光。我曾在长江见过白鲸，白白的水浪中，突然一道白光，神秘地在波浪中一跃，眨眼间，水面风平浪尽。我站在 L 的门口，惊魂未定。那道白光，我虽没看清，却如一颗子弹射进我的胸口。子弹里装的不是火药，是罪恶感、羞耻感。仿佛是我犯了风化罪，被 L 和龙姑娘抓了现场。龙姑娘成了红姑娘，从脸到脖子，红得像剥了皮的小鸟。L 冷静，波澜不惊，呵呵一笑，说："回避，回避。"

　　L 是大龄青年。我认识他时，已过而立之年。车间主任对 L 的恋爱，用 6 字总结：只开花不结果。有人掰着指头数，结果十个指头不够用。恋爱、失恋、再恋爱、再失恋，如季节轮替。和恋人分手，是 L 诗兴大发的最佳期，一个恋人一首长诗，标题都是致某姑娘。这某字，或孙或刘或喻或龙。他给我一本杂志，里面有他一组爱情诗，是致某姑娘的。我说看不懂，他呵呵大笑。"没谈过恋爱吧。"讲到恋爱时，我还脸红。L 说："可怜，恋爱都不会谈，当什么作家。怪不得尽写些垃圾文章。要当作家，先恋爱。二三流作家都是情种，大作家才是情圣。"我暗下决心，恋爱前，一定要写一篇爱情小说。主人翁的性格、神态，都在我脑海诞生了。我想和 L 说，但没说，怕他又打击我。

　　我成功了。我的短篇小说《水波》在省级刊物上发表了。《水波》是我走出管道、罐塔，走出工厂围墙的第一步。她让我在 L 面前抬起了头。

　　"呵呵，你小子看不出。骗我啊，看样子也是个情种。"L 看完《水波》后，第一次主动邀我。之前，我走进 L 的宿舍，一脸学生般的羞涩，手脚找不到位置。初次在省级刊物上发表作品的喜悦，如春天的种子，长得心里装不下，生到脸上来了。

尽管我的小说发在省级刊物上，但L没给我留情面，给了狠狠一阵批评。他说："故事不错，可惜挖掘人性的深度不够，标题虽然上了封面，编辑部做重要小说推，但不能说这就是好小说，这几年红极一时的小说有几篇不是垃圾的？"L点了几篇小说名字，都是我崇拜的，也是那个年代茶余饭后，街谈巷议的中心话题。那段时间，我的耳朵里只听到他在批评、否定，好像他嘴里的赞誉之言只留给了他心爱着的女孩们。有时我们都觉得是一件好事，还为那件好事欢欣鼓舞，但只要遇上L一阵猛烈的批评，顿时又觉得还是L看问题深刻。

L失恋了。龙姑娘消失了。消失前没有任何征兆。

龙姑娘在列车卧铺上睡了一个通宵，L还在房间苦等。龙姑娘到了另一个城市，一走未归，最后，调动手续是她母亲给办的。L后来对我说，他聪明一世，糊涂一时，没听出龙姑娘的话中话。龙姑娘说，如果有一天，我突然消失了，你绝不要放弃你的诗。我相信你的才华，也爱你的才华。其实，听出了又能怎样呢？难道凭借爱的力量能改变龙姑娘？L改变不了龙姑娘，只能让自己的魂出走，走到龙姑娘新去的城市。他找不到龙姑娘，魂也没找到龙姑娘，最后，连自己的魂也找不到了。

龙姑娘是他最后一次恋爱。

L的房间，连墙缝里都散发出龙姑娘的气息。床脚边，丢弃的避孕套如浆过一样干了。乳罩像两个小碗露在床上，乳罩上的背带从床梁上朝下悬着。书桌上有一张龙姑娘的写真照。写真照上的龙姑娘，一脸灿烂，被爱包围着。

照片是龙姑娘走后，去照相馆放大的。照片四周有个金光闪闪的框。我目测，相框高60厘米，宽40厘米左右。

我指着床脚边的避孕套说："把那脏东西扫出去，把房间整理干净，把那妖精的相丢到床底下去。"L一听急了，忙阻止说：

"莫动,看到她,我就充满激情,一个灵动的、散发活力的龙姑娘又回到了我身边。""醒醒吧,你的龙姑娘早飞了,不爱你了,爱上了比你高大的帅哥。"我尽最大力量打击他,想让他醒来。"你不懂,你没恋爱过,你懂什么?你懂得爱吗?不管她飞多远,不管她飞到什么地方,她永远飞不出我的心,永远飞不出我的诗。她是我的诗。我要让她永远活在我的诗里。将来70岁,80岁,成了干柴棒子似的老太婆,在我的诗里,她仍是一朵沾满晨露的鲜花,鲜嫩鲜嫩的肌肤,带着弹性的,我的龙姑娘,我永远的龙姑娘。"

我拿起龙姑娘的写真照,照片后面有一袋包子、馒头,还有几包榨菜。我问买这么多包子、馒头干什么。L说:"吃。"又说:"我要闭关,要写一首《致龙姑娘》的长诗,要把她写成世界上最长、最有激情、最有诗意的叙事体长诗。前无古人,后无来者。"我后来才知道,失恋是他迸发创作激情的最佳时期,他的诗歌全是痛苦的结晶,痛苦对他来说不是眼泪,是诗,是激情文字,是丰富的想象力。

和龙姑娘分手后,L再也找不到恋爱的感觉,昔日的诗情,昔日的狂傲也远离了他,想象力如一只剪断了翅膀的鹰,连起飞的欲望也死了。听朋友们讲,他和妻子从认识,到儿子出生,都没找到爱的兴奋点,他的兴奋点,被龙姑娘覆盖着,再也找不回来。他的封笔之作《致龙姑娘》的长诗,也被他小学毕业的妻子送给了一把火。

我从大厂到公司,再从公司回大厂,一晃就是5年,这5年我和L有过一次偶然相遇,两人互致问好而已。我回到大厂后,肩上扛了一个厂报副总编辑的头衔。厂报当时是复刊,处于招兵买马阶段,我第一时间就想到L,让L做厂报的副刊编辑,我没想要他感谢我,但我想他听到这消息一定会高兴,没想到,热的这一头是我而并非是L。我去L车间没找到L,他休假了,便把我去车间的意思和车间主任说了，L 知道后没给我回话，L 的车间主任后来说，他要我感谢你，他说他与文字无缘了，他说他的灵魂已找到了归宿，没了忧愁，也没了痛苦，如被冰冻封死了的海洋，平静得连一个标点符号也装不下了。

　　文学是痛苦的事业，我不记得谁说过这样一句话。这句话说得不尽准确，外延过于庞大过于模糊，也有浅显之嫌，但也真实地道出了某一种现实的存在。一个写作者，他对世界的判断不是通过眼睛看到的，而是从灵魂里挖出来的，眼睛看到的世界常常戴着虚假的面纱，只有灵魂里的世界才是最真实的世界，最接近事物本质的世界。一个写作者要让自己的灵魂永远处在流浪状态。这是哪位智者的名言？我想不起来了，也记不起是从哪本书上贩来的。美国物理学博士弗雷德里克·艾伦·沃尔夫从物理学的角度肯定了人类灵魂的存在，人类的灵魂不是鬼魂，虽看不见摸不着，但它并不神秘。灵魂是人类的精神宇宙。人类拥有两个宇宙，一个是物质的，另一个是精神的。人们只感叹物质宇宙人与人不平等，而忽视精神宇宙人与人的差异。同样是肉体，也许某些个体的精神宇宙是一片沙漠，而另一部分个体却春意盎然。让灵魂去流浪，要做精神宇宙里的哥伦布，不停地发现精神宇宙里的新大陆，探寻精神绿洲。灵魂的流浪，呈现在我们身上的就是对物质宇宙，对人类自身无情的否定和拷问，灵魂深处的否定和拷问，在当今物质世界，它是孤独和寂寞的，无疑也是痛苦的。

　　20 世纪 80 年代起到 20 世纪末，我的灵魂陷在世俗的泥潭中，为职位升迁，为上司的脸色和眼神而奔忙，从四面楚歌到柳暗花明，又从柳暗花明到四面楚歌，灵魂在这样一根曲线式的循环中战栗。近二十年，我的精神宇宙萎缩如一只漏气的篮球，扁了下去，那是被职位升迁，上司脸色和各种可笑的世俗事务压扁的，灵魂被挤到某个角落昏睡，失去了流浪的勇气，那狭小的空间也无处可以流浪，想象力也成了一块坚硬的顽石，笔尖下流出的文字，也和我一样没了"灵魂"。精神宇宙的荒凉，加剧了我对升迁的依赖，对上司脸色的恐惧。现在我返观当年的应景文字，只能用羞愧来形容，愧对近20年流失的美好时光，愧对那承载它的纸张和油墨。我的想象力在那些文字里成了1958年大跃进全民炼钢炉里的废铁。那段时期，我的想象力失去了飞翔的翅膀，失去了翅膀的想象力，不说它彻底死亡，至少是濒临死亡。

30年后，我的第一本散文集出版了，我送了一本给L，请他斧正，一个星期后L给我回了电话，他一连说了3个好，我做好听他批评的准备，我仍然记得L当年的批评是不留情面的，自从我离开车间后就没听过他的批评，我很真诚地想听到他的批评，没想到L给我的也是那种世俗化的表扬。后来听说，从写完《致龙姑娘》的长诗后，他没再翻过书了，也没再有批评的声音。我不知道那本散文集他看完没有，其实看完还是没看完都不重要，L已经不会批评，或者说失去了批评的词汇。

当我明白文学的真谛后，便毫不犹豫反对文学是消遣的主张，也反对文以载道的主张，那些都是远离人性的世俗化的追述；更反对书中自有颜如玉，书中自有黄金屋的功利化读书，那是精神宇宙的重度污染。文学是灵魂中的事，关乎精神宇宙，是对精神世界的叩问与探求，是给我们装上一对想象力的翅膀，去遨游精神太空。L当年的文学追求，也许还没做好让灵魂去流浪的准备。

男人的痛

　　他俩不是俗人眼里的成功人士。他们头上，没有光环照耀。他们的财富，是脸上过早衰老的皱纹。那两张脸，只剩下一层干瘪的皮了。干瘪的皮里，榨不出一丝欲望的汁液。早年，他俩饱满的皮囊里，还滚动着汹涌的欲望。年轻时，我们一起畅谈美梦，憧憬站在人生的领奖台上，感受辉煌一刻。

　　他俩是我人生路上的灯塔，一有不如意的事，精神要触礁时，灯就亮了。他俩就站到我面前，说，知足吧，和我俩比，你多幸运，多幸福！我从内心里佩服他俩。我不是从道德的角度，而是从一个男人的角度。道德可以做假，可以当面一套，背后一套，而一个男人的责任，男人的刚强，是无法做假的。

　　他俩一个姓马，一个姓雷。

马

　　20 世纪 80 年代，我和马是厂文联的活跃分子，被众人当作厂文联的希望。我做作家梦，马做画家梦。我和马被认为是未来最有可能出现的黑马。厂文联的大小活动，都少不了我和马。我们也以为自己真能成为一匹黑马，拼命地为成为黑马抛洒心血和汗水。马上白班，只有星期天属于自己（那时一星期六天工作制）。省城师范学院美术系开办美术专业走读班，星期天授课。马在充满汗酸味的火车过道里，一泡3小时，有时进不了过道，就蹲在两节车厢的连接处。我偶尔有一次这样的经历，觉得这是对生命极限的挑战，一说坐火车去省城，有舍身赴刑场般的悲壮。马每星期都体验一次这种悲壮。记不清是哪年七月，只记得那炎热，把维系生命的水分，一滴滴地灼烤。我在车厢连接处见到马，我们都如泡菜，散发出酸气。马的心情没受泡菜环境影响，他兴奋地描述着美术班的收获，激昂地畅谈对美术的新发现，著名画家的冠冕，就在一步之遥，非他莫属。

马结婚第二年，妻子得了一种医生也说不清的怪病。当时医生预言，最多活5年。结果飘飘摇摇地过了4个5年，到我离开工厂时，仍剩半口气，病秧秧的，仿佛风口上一闪一亮的油灯，分分秒秒让人胆战心惊，一旦吹灭，再也亮不起来。

马妻的怪病，把她的骨髓吸干，也把马身上的脂肪吸尽了。青年时期，马身上无时不散发出青年才俊的神韵。后来，那神韵也和脂肪一道消失了。马用自行车，带病妻去厂医院，必经过我办公室。每星期四上午9点，我的办公室窗外，有幅感人的画面，如电视台准点播出的纪录片。一辆"吱呀吱呀"的自行车，得了绝症似的，叫得很痛苦。马一张笑脸，笑是从苦胆里泡出来的。后座上坐着只剩下骨头的病妻。女人藤蔓般的双臂，如缠绕在一株光照不够的树干上。女人脸色蜡黄，漾着虚弱的笑容，幸福地贴在马单薄的脊背上。

他妻子生病的第三年，我从工厂调到上级公司，报到前，我去了马家。举手敲门，刚敲一下，里面突然一声尖叫。叫声是锥子，强行扎入我的大脑，恐怖的声浪，从头传到脚。"想烫死我？巴不得我早死？"马赔着小心。"对不起，对不起，我再加点冷水。"我去的不是时候，正犹豫进不进去时，门开了，马一脸尴尬的笑容，笑里透着刚毅和坚强。刚在马家坐下。一条黑白分明的哈巴狗，围着我的脚嗅前嗅后，瞪一对圆溜溜的狗眼，片刻后，审查过关似的，摇摇尾巴，退到墙角。我开始有些紧张，待它退到一旁，才放松下来。马叫它"儿子"。马说："儿子，一旁坐着去。"儿子身上一圈白毛，一圈黑毛，相互交替。毛发打了油似的。混熟了，我用手摸，软软的，手心痒痒的。儿子的身体结构，几乎由圆组成，圆圆的肚子，圆圆的臀，胖嘟嘟的。和他们俩人比，带点喜剧味道。儿子通人性。马妻的命，是儿子救的。她想单方面告别病魔，屡试屡败，原因是儿子。她把遗书写好，准备吃安眠药，儿子突然狂躁不安，大声吠叫，不停地扒门，闹得楼上楼下不得安宁。邻居发现后，给马打了电话。后来，儿子一有动静，邻居就给马打电话。马用自行车把她从医院驮回来时，她脸上有了晚霞般的云彩，儿子就围着他们跳跃，欢快的跳跃中，带着喜悦。她脸上晚霞般的云彩，一旦被蜡黄色的皱纹覆盖，儿子的四肢，如捆绑住了，轻轻地移动；有时又安静地躺在她的脚旁，陪伴她。有一次，妻子病情加重，气氛沉闷，马想活跃一下，说："儿子，跳个舞。"儿子果真跳起来。跳啊跳，找不到感觉似的，前脚没落下，后脚就要提起来，四个爪子打架。病妻说："儿子，不跳，难受。"儿子停下来，茫然地望着马。

　　马端起盆子，对我说，你先坐，我掺些冷水就来陪你。马又自责地说，怪我粗心，忘记测水温。病妻这时成了乖乖女。我怎么也不能把进门前听到的尖叫，和眼前枯草样的女人联系起来。病妻说："你陪客人，我自己去。"马说："你莫动，我去。"马倒了一些冷水后，用温度计测了测水温，再把水放到病妻脚旁。马解释说，她对水温比婴儿还敏感，不能用手测，非用温度计不可。我的手摸不烫，她却烫得叫。马边说，边把病妻的脚抬起放进盆里。专业足浴技师似的，轻轻地把水浇到病妻脚背上，10个指头轻柔地在穴位上按动。

后来，厂文联的活动，再也见不到马的影子。通知他，他也不来。虽在一个工厂，我们几年难见一次面。关于他的情况，倒常听说。他妻子每年都要闹一两次自杀。说是马对她太好了，不忍心拖累马。厂工会妇女部主任对马的妻子说："你想用自杀让马解脱，实际是害了马。马一辈子会背上道德包袱，社会舆论会认为是马对你不好，照顾不周。"马的妻子说："我们10多年没做过夫妻的事了，我知道，和他离了婚，我也活不了，不离，拖着马，我觉得自己很不道德。"

偶然一次遇到马，中间隔了13年。我离开工厂，到公司报社，再下海到长沙做图书批发生意，绕了一圈又回工厂。回工厂后，和他没有联系。说来也巧，我们是在厂办公楼的厕所里遇上的。那年他45岁，比60岁还老态。头上除了头发，就是胡须。一张脸成了灰黑色，和头发、胡须颜色一样。年轻时，我和马都因脸上没有胡须发愁。俗话说，嘴上没毛，办事不牢。脸上长不出胡须，怕别人看轻自己，怕给人留下不成熟、不老练的印象。到了40岁，我开始嫌胡须长得比头发还快，隔两天就把脸刮得光光的。马的背驼了，给我的印象，比年轻时矮了几分。我以为遇上了一个小老头。我比他先进厕所，刚拉开拉链，他进来了。

他说，就算妻子去世了，他也不可能再结婚，他现在只有一个心思，她活一天，服侍好一天。她去了，一个人过。没别的想法了。

雷

雷和我是厂电视台的同事。雷是播音员。集团公司电视台举办播音员大奖赛，雷是第一名。集团公司电视台调雷的公函发到了厂人事处。

雷有个病妻，还有个弱智儿子。那年，我调到厂电视台，雷的儿子16岁。1.75米的个子；眼神发呆，两个眼珠子常常卡住不动。我和雷说话。雷儿子的手，先是捏着我的耳朵，我不知是把他的手拉开，还是像对待小孩子，任他捏着玩时，他另一只手，突然捏住我的鼻子。我的呼吸一下就提不上来了。鼻子两翼塌了似的，疼痛袭击我的痛神经。后来，我照了照镜子，鼻子两翼成了紫红色。雷的脸上，常有这种紫红色。夏天，雷的手臂，背上也布满了紫红色。雷尴尬地说，不好意思。一遇到他喜欢的人，就揪，就捏。我口里说，没事没事，心里窝火发不出来，也无处可发。有天，雷的妻子到厂电视台找雷。刚进入厂电视台大厅，突然昏倒了。我听到有人喊，"昏倒了，昏倒了。"我循声到大厅，见雷的妻子躺在地上，口吐白沫。雷在一旁守候，说："莫动，莫动。过几分钟就好了。"雷的妻子不发病时，看不出与常人有异。甜蜜的微笑，文静大方，有贵妇般的美感，蜂腰，大陆版的林志玲。

雷的妻子到我的办公室，投诉雷有外遇。我心里高度紧张，怕雷的妻子发病。雷说过他妻子不能生气，不能激动，生气、激动就易发病。一旦在我的办公室出了差错，我无法交代。我对雷的妻子说，莫生气，莫生气，有事慢慢说。她说雷不正常，天天往头上喷发胶，刮胡须；天天穿西装，西装里穿一件白衬衣。我说，这是他的工作，很正常。她的语速突然加快，声音提高几倍，说："不正常！一定是哪个狐狸精勾引他。"我立即顺着她的思路，免得她激动的情绪再升温。我说我一定注意他的动向，找他谈谈。她又转换话题说，她不同意雷到集团公司电视台去，去了，是肉包子打狗，有去无回，我一个人带着傻儿子，如何活？她说着哭起来，很伤心，仿佛雷已离她而去。她又说，不能让雷当播音员了，好多狐狸精都在打他主意，要求给他换工种，到播出机房值班也行，只要不让狐狸精们天天见到他。

第二天，雷到我的办公室。他不知道，他妻子找过我。雷说，妻子生病，儿子要照顾，想换个轻松点的工作，想去播出机房值班。集团公司电视台来函调他，我早做好了他走的准备，招聘了一个年轻男播音。雷放弃集团公司电视台，我认为是最愚蠢的行为。集团公司总部在北京，雷到集团公司电视台就进了京城，可谓千载难逢的机会。到了集团公司电视台，才能算他事业的开始。我劝他说，去集团电视台，播出机房不适合你。他叹息一声，沉默不语。我说："从现在开始，你可以不来上班了，做做准备，去集团公司电视台。有什么事要我出面，你说，我给你办好。"雷说："谢谢，我决定了，不去集团公司，也不当播音员了，去机房值班。""为什么？给我一个理由。"他沉默。我问，"你妻子的意思？"他仍沉默。他最后说："你成全我吧，多谢了！"我气得要骂人。我在心里骂他是一头蠢猪。

见到雷，我大吃一惊，以为认错人了。播出机房，是台里最边缘化的部门，如果不开全台大会，几个月难碰一面。雷一脸络腮胡，有如一片黑色的辽阔草原；一身工作服，皱巴巴的，一个小老头。雷叫了我一声，我才从带磁性的声音里，确认是他。后来，我听说，雷的妻子说雷有外遇，并非毫无依据。有个女人，常给雷打电话，约雷出去跳舞。雷赴了三次约，后来不敢去了。有人说，是雷的妻子发现了，以死相逼，雷才不敢去了。雷说是觉得惭愧，主动坦白了。

全国开"人大""政协"两会或遇到重大活动，电视的安全播出成了头等大事，台领导天天去机房坐阵。播出机房里有堵电视墙，30多台电视机，满眼全是电视，没了看电视的感觉，只面对一个光和影的世界。一个宁静、无声的世界。声音如一只小兽，被关进了音匣子里。轮到我时，是雷值班。我第一次和雷聊了3小时。雷说，做播音员，诱惑太多了，真难守住。雷说，看到外面的花花世界，想到自己的家，就郁闷，难受，有个异性轻声细语安慰两句，心里就飘了。雷说，他到市里一个有名的寺庙，请教一个和尚。和尚说，你要做个好丈夫，好父亲，只有一条路，根除欲根。欲根的关键是色。你一切烦恼，来自欲望，来自色的诱惑。和尚讲了一个狄仁杰戒色的故事。狄仁杰是唐朝宰相，去京城赶考时，投宿一家旅店，老板是个20多岁的寡妇。寡妇看中了狄仁杰。寡妇一双眼睛，如两个飞速转动的车轮；声音如蜜。狄仁杰的心动了，这时，想到师傅教他戒色的方法：美丽漂亮的外表，只是一层薄薄的皮。皮下，一团模糊的血肉；体内，是屎尿脓血，淋漓狼藉，死后，蛆虫遍体，臭烂恶心。想到此，狄仁杰对女色就没了兴趣。雷说，这办法真灵。

从众星捧月的电视播音员，到边缘化的机房值班员，不是简单的岗位变化，我明白了，雷是以削平自己，保持和病妻、傻儿的零距离。当了值班员，他的世界小了，小得仅剩下病妻、傻儿；他的心宁静了，如一盆水，搅不出惊涛骇浪。

离开工厂后，我到了一家市级媒体当总编。我们的报纸，有个叫"愿望号列车"的栏目，把自己的愿望，变成文字或打电话给报社，在报上登出来，传说中的上苍会派好心人帮你圆梦。我有几次冲动，想把他们祈求幸福、平安的愿望，登在报纸上，让传说中的上苍知道，地球上有两个男人，需要他帮助，关照。我放弃了最初的想法，他们最需要的不是安慰，更不是同情，他们需要默默的守候，宁静中的守候。冥冥之中，有个声音提醒我，在喧嚣的灯红酒绿中，他们守候的防线就会瓦解。那个声音还说，这是上苍对人类的一次试验。上苍选择这两个男人参与试验。物欲横流的时代，人类无欲的底线到底在哪里？对无欲的苦难，人类的承受力有多强？也许这就是上苍所要的结果。

我不想打扰他们，写这篇文章时，我有意隐去了他们的真实姓名。我在这里以老同事的身份，以朋友的身份，默默地祝愿他们，心想事成。

忽 悠

那天的愤怒，颠覆了我20多年的修养。

一进办公室，有同事对我说："你这假休得亏，一级工资啊。"我一听，心想这下完了，这次厂里涨工资又没我的份。半个月前，我向部长请工休假，部长接过请假条，沙沙地签上大名，还一再嘱咐我外出要注意安全。我好感动，部长那天的形象，是一个挺人性化的领导。当时我还觉得挺走运，要遇上部长不高兴，也可能就不批我的假。浑蛋和我玩调虎离山之计。部里只有我五年没涨过工资，大家私下都公认，假如只有一个指标，这级工资就姓孟了。而在我心里，这级工资早就姓孟了，要不我也不会去休假。我一听，那级工资泡了水，那股怒火，就从头上烧到手上。我见墙上有部长的大名，拿起身边一张板凳，朝部长的名字猛砸，仿佛是砸在部长的头上一样过瘾。同事们为我抱打不平，犹如火上浇油，怒火烧得更猛、更旺。一连砸了三下，墙壁还完好无损，只是部长的名字有些缺胳膊少腿，最苦的是板凳，全身散了架。一根木屑插进了我的中指，当时没感觉，待怒火熄后，那痛才有点钻心。

站到部长身旁，我身上每一个细胞都在做逃离的准备。不是我畏官、惧官，是部长长、宽、厚三维所占的空间太多。在大学进修时，公共关系课的老师教导我，与人交谈，眼睛不能四处张望，要望着对方的脸。这样一来，我就养成了和别人说话目不斜视的习惯。我望部长时，就需摆出一点仰头望明月的姿势。那种男人间的压抑感，像虫子一样一点点蚕食我的自信心。部长是我的顶头上司，我不可能不见他。我只能挺直腰杆或踮起脚尖，让自己能多增加一毫米就一毫米。

"来得早不如来得巧，我还有点好茶叶。这茶叶不一般啊，你尝尝。"

部长的客气和热情，几乎超出了我的想象，我端起茶杯，说了一句谢谢。部长问我茶叶如何，我硬着头皮说"好"。我喝水从不放茶叶，各种名目繁多的茶叶对我的味觉，就像沙漠一样单调。通过对茶叶的评价，再一次证实我的情商还没有成熟。我当时没想出这个逻辑题的答案，即赞美茶叶，就是赞美部长。事后，我才醒悟我犯了一个大错误。我骂自己，你这个蠢东西，你的脑子进了水？就一个"好"字得了？碧绿明亮，回味甘甜，这类赞美茶叶的名词，回到家里信口拈来，奇怪的是，我在部长办公室搜肠刮肚也只找到一个"好"字，那些好听的言词都有意和我为难，躲着不肯见我。

部长从茶叶开始，拉开一副和我聊天的架式。问我休假去了哪些地方。我说去了某个地方，接着部长就大谈某个地方的名胜古迹，人文历史。还不时问我父母身体如何，孩子学习如何。我几次想打断部长的话，但都不好意思，其实根本找不到打断部长思路的机会。真是天助我也，理教科一位女同事来向部长汇报工作。女同事人还在门外，一股男人闻了骨头发软的香水味先飘了进来。看得出，部长此时的心情很阳光，笑容也很暖人。我把视线从部长的脸上移到了墙壁上，墙上白白的，正如一位伟人说的，可画最新最美的图画。白白的墙如屏幕，面对着那屏幕，我的思绪一下就活跃了起来。来时准备的那些理由，又在我脑子里梳理了一遍，之前我一直担心自己记性不好，还把那些理由像小学生背书一样，背了一遍又一遍，怕在领导面前讲得颠三倒四，现在看来，根本没必要。

女同事一走，我抢占第一时间。"部长……"

"啊，啊！我知道……"部长立马将话抢了过去。

部长说，你很能干，很踏实，很敬业，今年厂里两次大活动，你搞得都不错。开始我没反应过来，以为说别人。直到部长把我近几年做的几项主要工作翻出来表扬一遍，才知是在说我。哪一年哪个月，好像部长帮我记了一本日记，一些我自己忘记了的细节，都说得那样准确，那样肯定，那些本来忘记了的细节，又清晰地印在脑海里。这时我心里很滋润，仿佛部长往我口里塞了一块糖，甜丝丝的感觉席卷而来。我的斗志正面临一场考验。很快我就清醒过来了。讲得这样好，涨工资，怎么没我了呢？

"部长……"

刚开口，部长就站了起来。这时，我必须把视角调整到望见天花板的角度，否则只能对着部长的下巴说话。我没想到部长站起来是为了给我茶杯里添开水。我只得把话咽回去，站起来。我接过部长手中的热水瓶，说，我来我来。我也聪明了一次，先把部长茶杯的水满上。为什么是满上，而不是倒满？这规矩我懂，倒茶不能满杯，要留一个小圈，酒则要倒满。

部长一边看我倒水，一边老朋友似的说："我们私交还不错，今天我干脆把话挑明。"

部长要把什么话挑明了说？没给我涨工资，是不是还有什么其他内幕？是不是前面的表扬是为后面的"但是"服务的？挑明了说，是要挑我的毛病？是不是有人告我的黑状，说我用凳子砸他的名字？一连串问号在我脑子里打转。

部长脸上的微笑，透出掏心窝子的诚意。从他的脸上，我读不出对我不利的符号。我从那笑里隐隐约约地感受到一种友善，好像是放下了架子的友善。部长挑明了说的什么，我始终没有明白。我只清清楚楚地记得，他说不会亏待我，难道他要挑明了说的就是这句话？现在想来，那一剂剂迷魂汤，把我忽悠得不知东南西北，带着一种迷迷糊糊的满足感走出了部长办公室。

　　走出部长办公室，我突然又成了一个明白人。说我很蠢？我真还不承认，谁要当着我的面说，我还真会和他急。要说我很聪明？连自己的事都办不好。我有些懊悔地一连打了自己五个嘴巴，一边打一边在心里抱怨自己。要去找部长的是你，到了那里没把该说的话说出来的也是你，又不是没理由，也不是不让你说，更不是不能说。

　　这事办得，怎么说呢？

泵房三宝

泵房三宝是三个人，分别是听棒宝，抹布宝和爱情宝。都是20岁左右的女孩。湖南人讲宝，就是傻。父母退休，她们便享受了世袭的待遇，工厂的文件上写的是顶职。车间有人戏称重油泵房是傻大班。作为傻大班一员，我灰心至极。有人问我在哪上班，我说泵房，从不说重油泵房。我们是四班三倒，重油泵房就是一个大班，下属四个小班。泵房三宝分别分在一、二、四三个小班。

听棒宝

"师傅，师傅，二号泵病了。"

听棒宝眼眶里那对黑眸了，仿佛是黑色大理石磨成的，光而发亮，但是，我的感觉，发亮的眸子仿佛卡在眼眶里，一分钟也难转动一次。

"师傅"两字，从听棒宝的口里出来，我就像见到艾滋病患者身上流出的鲜血，唯恐躲避不及。尤其是下班后和朋友们在一起，在生活区的某一个地方玩耍，突然听到听棒宝叫我一声师傅，那时的感觉就是灾难来临。有时，我装没听见，不予理睬，她就追着我的背影叫师傅，非得我答应了为止。我知道，她那声师傅是真诚的，发自内心，没有任何恶意。但是，我一听到听棒宝那声师傅，梦魇般的感觉就紧咬着我不放。我们每个小班的编制是五人。有三个小班没满编。我们三个班长都不想要听棒宝，大班长就说捏砣。把听棒宝的名字写在纸上，搓成砣，谁拿了有名字的砣，听棒宝就分到谁的班上。那段时间，我打牌的手气想要红桃 A，绝不来方块 A，心想我肯定不会捏到。他们两个班长都不敢先捏，我说我先来，本班长让你们见识见识什么叫好运气。我想也没想，闭着眼睛，信心十足地拿起一个纸砣，打开一看，身后另两个班长过狂欢节似的发出欢叫声，我像不相信自己的眼睛，又看了一遍。千真万确，气得我把纸砣丢到地上还不忘狠狠踩了一脚。

听棒宝读了 11 年书，最后厂子弟学校送了她一张初中毕业证。听棒宝母亲距退休还有 5 年，找医院的朋友办了一张因病建议提前退休的证明，听棒宝就顶替母亲，穿上了和我们一样的蓝色工作服。听棒宝上班第一天，把操作记录纸上的"6"全部改成了"9"，她说我们把"6"字写错了。她说"6"的圈圈在上。盲目自信的程度，让我悲哀得无话可说。要不是我及时发现，她改动的数据，将成为我们违规操作的证明，一场扣奖金，挨批评的灾难就会降临我们头上。后来我们逗她玩，问 88 加 77 等于多少，她说 55。凡是上了百以上的加法，没有一个回答正确的，因为她不会进位。

听棒宝见我不信，急了，黑色的亮亮的眸子，在眼眶里足足卡了 5 分钟。"师傅，师傅，二号泵真病了。"

重油泵房里共有五台油泵，都按一至五的数字编了号。每天有三台运行，两台备用。二号泵大修后，运行不到一个星期，按常规绝对不会出问题。半小时前，我拿着听棒，像晚上值班医生查病房一样，细心认真地对三台运行泵进行了检查，没有发现任何异常。化工操作工，有三件宝物：听棒、抹布、扳手。抹布、扳手是寻常之物，听棒是何物？听棒像孙悟空的金箍棒，神通广大；又如医生挂在胸前的听诊器，专听油泵有无杂音。两尺来长的钢棒，一头搁在运行的油泵上，另一头贴着耳朵，破译泵体内一种神秘的声音，抑或是破解某种危及油泵安全的密码。相对听棒宝，我的同事个个都是古灵精怪的聪明人，有的面对这些神秘的密码，都是一头雾水，何况听棒宝还是一个傻妞？我要随便相信一个傻妞，我不也成了一个傻子？

　　我坐着不动，眼睛看对面的仪表箱。上面有二号泵的运行信息。信息显示二号泵运行无异。听棒宝见我不动，要哭了似的。她用尽力气拖我，又拖不动，不避嫌地把我一只手都抱到了她的怀里。我的手臂感受到一个成熟女孩子的柔软。要是听棒宝的眼珠子能够转快一点，一定很妩媚，一定会有很多男孩子愿意给她摘天上的月亮，包括我。可惜是个傻妞。一想到傻妞二字，手臂上的柔软像熄了火的马达，无声无息了。

　　二号泵果然病了。

　　油泵房在地下室。楼梯下到一半的位置，仿佛下面有一锅沸汤，突然揭开了盖子，一股灼人的气流，瞬息就包围过来。我满头大汗，有一半是吓出来的。要不是听棒宝死缠烂打，非拖我下来，事故就出定了。听棒宝在一旁又叫又跳，过狂欢节似的。这个傻妹妹，她在向我叫板，表示她的聪明。

　　我真服了听棒宝对声音的辨别能力，简直能从莫名其妙的出鸟的鸣叫声中识出公母。只要拿起听棒，听棒宝就不再是一个傻妞了，像上天派来的精灵。后来，听棒宝说，某台泵要病了，就真病了，仿佛不是她发现，而是她指派似的。她从来不说，某台泵有问题，而是说病了，像说某某人病了似的。听棒宝还能从遥远的声音中，破译出我们永远无法获得的天籁之音。一阵脚步声接近了我们的操作室，我们像战士听到防空警报，立即把与操作室无关的事,坚壁清野,一个个神色紧张中透出严肃。听棒宝自言自语说,不是领导。听棒宝把来查岗的人都叫领导。只要某人的脚步声在听棒宝耳边响一次,第二次,她就知道是谁来了。果然,脚步就从操作室窗下飘移了过去。

听棒宝的神奇预测,避免了多次停车事故,厂部的简报和广播站有一个月,连续两次报道她及时发现油泵的问题,避免了停车事故。听棒宝的名字,誉满全厂。听棒宝的本名,除了她的父母和领工资、上简报、上广播以外,基本上没人使用。听棒宝三字,一时成了香饽饽,全厂皆知。有人说听棒宝这名字,是我们的大班长给她取的,但大班长否认,我至今都不知道这名字出自哪个"高人"之手。

听棒宝一夜成名后,厂部把她从重油泵房调走了,调到一个叫合成一段炉的岗位。那岗位有八台运行泵,一面墙壁上全是仪表,红红绿绿的灯光闪个不停,进了一段炉才知道什么叫现代化的大企业。从一段炉再走进我们重油泵房那景象就是惨兮兮的了,三台小油泵,操作室墙壁上两个仪表箱,十来个红绿灯,发亮的不到一半。合成一段炉从设备到操作工的收入,都是大娘养的,这是我们的牢骚话,但这话一点也没说错。听说听棒宝到一段炉,连涨了两级工资。

听棒宝的母亲见到我,像家长见到老师,满脸感激。仿佛听棒宝成了名人,是我教导有方。她对同伴说,这是我闺女的师傅。这时,我对做听棒宝的师傅,不再排斥,也不再恐怖。

抹布宝

抹布宝1.75米,圆脸,像南方乡下的石磨盘,冷峻、刚毅。石磨盘一样的脸上,缺少的不仅是少女的柔情,更多的是对生活的想象和期盼。我和抹布宝不在一个班,只有交接班时才能看到她。每当我看到她，就冒出那个愚蠢的疑问，这姑娘做不做梦？抹布宝在厂里早就有了知名度。上初中的第一天，父母想让她锻炼锻炼，不再早晚接送。结果天黑了还未回家，四处找不见人影，没办法只好通过厂广播站找人。有时半夜，厂广播突然响了，高分贝传出寻人启事。如某某赶快回家，你爱人回了，没钥匙进门之类的。从此，抹布宝的父母再也不敢让她锻炼锻炼，继续早送晚接。就是上班了，也是天天如此。

操作室里传来一阵哄笑，热闹气氛充满了操作室的里里外外。这时正是交接班时间。我在哄笑声中推开了操作室的门，欣赏了一场令人惊奇的搞笑事件。抹布宝把三班长摁倒在地。起哄的人有三班的，也有我们一班接班的。"抱起来，抱起来。"哄笑声中，抹布宝不费吹灰之力，三班长都脱离了地面。三班长，是本地人，1.63米的个子，体重90斤，像电视里的非洲难民。有人狂喊："丢出去，丢出去。"有人把操作室的门打开了。三班长挣扎了一下，没挣扎开。抹布宝像机器人，迈着滑稽的八字步，好似抱着一根枕木。典型的卡通效果，真是逗人，大家忍不住大笑，我笑得过于猛烈，咳嗽起来。

泵房的地板是水磨石的，白白的小石子，放在水泥里一磨，光光亮亮的地板，就露出白白的小麻点。重油经过油泵加温加压后，才乖顺地沿着油管进入合成一段炉的炉膛。重油有某种预兆似的，热火朝天地涌向一段炉，等待它们的将是粉身碎骨，化为烟雾和热浪。于是，不甘心，千方百计，钻山打洞，在油泵的某一处接口或阀门里钻出来，趴在油泵上，躺在地面上，粘在墙壁上耍赖。这些耍赖的重油，又像嚼剩的口香糖，被它粘上，就得擦掉一层皮，才能把它剥开。粘在鞋底上或衣服上，则如病菌一样，迅速扩散到你生活的每一个角落。厂部和车间，每季度一次卫生检查。检查还没开始，领导心里就内定重油泵房为"第一"，是倒数第一。不能怪领导主观主义，重油泵房的脏是车间领导心中的顽疾，大会小会批评重油泵房，批到最后，领导连批评的热情都没了。重油泵房的脏，像一块招牌，挂在我们蓝色的工作服上。

重油泵房油迹斑斑的水磨石地面，重见天日，刚完工似的，又照得见人影了；油泵也铮亮铮亮的，如一面镜子，照得见白白的墙壁；墙壁上的重油印迹用砂纸擦了，墙白了，却没了光泽，细看粗粗的，用手摸，有些硌手。这些都是抹布宝的功劳。抹布宝天生有洁癖，眼睛看不得半点污垢，仿佛她从母胎里降临，就是朝重油泵房的油污而来，就是为了抹擦尘世的污迹。抹布宝爱抹布如命。擦地是擦地的抹布，擦泵是擦泵的抹布，擦墙是擦墙的抹布，分得清清楚楚。抹布擦脏了，她就用洗衣粉洗干净。抹布是厂里统一采购的白棉布，用完了找车间保管员领。其他班组的抹布，都是墨迹斑斑，只有三班的抹布，用烂了还是白白的，不像抹布。抹布宝上没上班，只要看操作室外面的铁丝就知道。铁丝上挂满了婴儿尿片般的小白布，就是抹布宝上班的标志。

车间书记交给我一个任务："写篇文章表扬表扬她，没有她，重油泵房的卫生永无翻身之日。"我是车间公认的秀才，常和厂里的文人们混在一起。我们厂里有个工人作家，他说我有写作潜力。于是，脑子里就随着厂里那些文人们一起发烧，做起了作家梦。那时我在公开发行的报刊上连标点符号都没发表过。只在厂里不定期的简报上刊登过两篇表扬稿。厂团委五讲四美征文，我得了一等奖，奖给我一套茅盾文集，那套书至今还收藏在我的书柜里。我接受了书记的任务。

接受书记的任务后，我才知道什么叫艰巨。我采访抹布宝，不管提什么问题，她都像遇到天外来客，陌生地望着我。那种陌生的感觉，似乎我是个怪物，让她有了几分惊恐。我怀疑她没听懂我的意思，再问，抹布宝"哇"地一声哭了，说我欺负她。抹布宝一哭，我也慌了神，仿佛不小心踩了一个没有引爆的地雷，时刻都有爆炸的危险。我说:"你哭什么?我怎么欺负你了?我是采访你。"她哭得更厉害,哭声更高了,哭声把她们班的人都吸引过来了,仿佛我非礼了她。

重油泵房的卫生,成了她的专责,其余20来个人,仿佛都成了观众。她每天一上班,就拿着抹布进了泵房,像个机器人,打开电源就不停地工作。她想得到什么?她得到了什么?重油泵房成了全厂红旗卫生单位。厂部召开红旗卫生单位表彰会,每次都是我们大班长戴大红花,坐在台上做典型发言。她就没一点攀比之心?没有一点牢骚?说实话,如果我遇上这样的待遇,不但会委屈,还会愤怒。

有人说,抹布宝的洁癖,就像我们正常人的食欲,关系到生死存亡。这话夸张了一点。抹布宝的洁癖却一点也没夸张。父母带她到长春的舅舅家,一进舅舅家门,见玻璃上有灰尘,二话没说,拿起抹布,就开始擦窗户上的玻璃。

三班长请假,大班长安排我代班。接班后,没10分钟,抹布宝就下了泵房。上个班的卫生没搞干净,油泵上有沥青,抹布宝擦了一个多小时才擦干净。抹布宝擦完油泵后,就擦地板。抹布宝擦地板不是用拖把,是双腿跪在地板上,用抹布擦。我见她太辛苦了,叫她上来休息,喊了三次她才上来,休息了半个小时,又搬出梯子擦窗户上的玻璃。我站在梯子旁望着她,叫她注意安全,她根本不理会我。

第二天又一样,第三天还是一样。

爱情宝

周技术员死在合成一段炉里的消息,似刀,强行把他从我身边割走,好一阵不舒服,心痛!哀乐声中,我的泪水挤到眼眶边缘,它也要和周技术员告别似的。周技术员原是我们车间的技员，后来升了官，调到合成车间当副主任。我准备考电大。摊开数学课本，我如到了另一个星球，幸好有了周技术员的帮助，像拿到了另一个星球的通行证。周技术员的脑袋，是一座装满了知识的仓库。中学几何、代数等数学知识，都是周技术员给我扫的盲。他是一个学理科的本科生，但连我喜爱的文学，他也成了我难忘的老师。我的每一篇习作，他都给我提修改意见，他提的意见，我心服口服。当年，一些大红大紫的小说热遍全国，不分男女老少，都为里面的主人公激动不已时，周技术员却说，文学这样下去，会误入歧途。他这话，我10年后才悟出来。每次上零点班，一进操作室，就问是不是周技术员值班。一听是周技术员，就有一种命真好的幸运感。周技术员值班，每次都是厂部查岗前半个小时就到了我们岗位，一直等厂里的查完岗他才走。我们车间有四个岗位，厂部查岗的一走，他就给另外三个岗位打电话。我们车间有个副主任，只要是他值班，就一门心思抓我们睡觉的现场。周技术员刚好相反，只要是他值班，就想尽办法保护我们，不让我们被厂部抓到现形。

　　周技术员是爱情宝的父亲。周技术员是因工死亡。在处理后事时，爱情宝的母亲，仅提了一个要求，让爱情宝顶替父亲。听说厂部开始不同意，爱情宝患有精神病，不符合顶职政策。不知为什么，后来又同意了。当时，我为爱情宝能顶替而高兴。不是为爱情宝高兴，而是为周技术员高兴。

　　爱情宝手臂上戴一个黑袖章，一脸桃花般的微笑，在母亲身后寸步不离，仿佛有一根看不见的绳子，把她们捆绑在一起。唯有一双眼睛，东张西望，顾盼流离，不听从母亲指挥。眼神像电波一样，不断向空中抛洒风情。乍见爱情宝，不知其底细的男人，没有不怦然心动的。那年月，收音机唱的和录音机里放的，几乎就是一首歌，《妹妹找哥泪花流》。人们闭着眼睛看到的都是刘晓庆那双大眼睛。如果把爱情宝的眼睛拍成大特写，和刘晓庆放在一起，可以演一场真假美猴王的大戏。爱情宝高二时患上精神病，据说与恋爱有关。

可能是爱情宝的母亲发现了情况，顾不上失去丈夫的悲痛，强行拖着女儿，离开了灵堂。被母亲拖离灵堂时，爱情宝一双眼睛仿佛长在后脑勺上，人往灵堂外面走，眼睛还留在灵堂里一位帅哥身上。那位帅哥我不认识，听说是合成车间的，刚进厂的大学生，周技术员很器重他。帅哥走进灵堂，爱情宝就不听从母亲指挥了。帅哥向周技术员遗体三鞠躬时，爱情宝也在帅哥身边跟着三鞠躬，有点婚礼上拜高堂的味道。帅哥三鞠躬后，爱情宝挽起了帅哥的手臂。帅哥不慌不忙地把爱情宝交到了她母亲手里。

一听说爱情宝分到了我们重油泵房，大班长和二班长、三班长的情绪被愤怒绑架。为此，大班长召集我们小班长商量，要团结一致，抵制爱情宝来重油泵房。二班长和三班长说："商量什么，现在就去找车间主任。"大班长说："莫急，商量一下，要有一个说法。"什么说法？两个字"不行"。这时，我不急不慢地提了一个问题，最后他们都成了一条扎了砂眼的轮胎，一轮胎气不知何时漏掉了。我说："周技术员待我们不薄，这样做有些对不起他。"我讲这话，有八分是出自内心，觉得拒绝爱情宝来重油泵房，确实对不起周技术员。另二分考虑是我们一班有了一个弱智职工，不可能再分到我们一班。两个很激动的小班长气也消了一些，不再做声。四班长说，就到四班来吧。

没想到爱情宝是个烫手山芋，不但烫了四班长，还烫了我。车间主任把我叫到办公室。第一句话就是周技术员待我好不好，我想也没想就回答，恩师。没想到这是主任给我套的笼子。主任又说，有件事，想来想去，只有拜托你，算是给我帮忙，也算是给周技术员帮忙。绕了半天，才绕到爱情宝身上。把我们班的智力障碍者和精神病人交换。

四班长1.75米的个头。白白的圆脸，两道粗粗的弯月眉。

四班长是厂男子篮球队的主力中锋。爱情宝第一天上班，见到四班长，就如找到了她至爱的宝物，一对眼睛紧紧地盯着，担心眼睛一眨，就会把四班长弄丢。下班，她就早早地守着四班长的自行车，四班长刚一上车，她就跳上了自行车，双手搂着四班长健壮的腰，幸福地依偎在四班长的背上。四班长说，把手松开，别人看了像什么。爱情宝说，不，我爱你。四班长说，快下来，车要倒了。爱情宝不听，仍依偎在四班长背上。四班长没办法，不顾一切地从自行车上跳下来。四班长推着自行车，爱情宝就像情侣一样，跟在身边。四班长一想这样更加惹人注目，又跳上自行车。四班长还没来得及加速，爱情宝又上了四班长的自行车。四班长再也不敢骑自行车上下班了，而且每天偷偷提前下班，不让爱情宝发现。爱情宝家的窗口刚好对着厂里的灯光球场，四班长连球都不敢打了。后来，爱情宝八小时内守着四班长寸步不离，四班长下班前偷偷溜走的机会也没了。爱情宝还给四班长写了一首诗。爱情宝的诗成了热门诗，不但车间里争相传阅，在厂里的文学圈里也热闹了好一阵。当时我还把诗抄到了日记本上。"高大的身影／站在门外／我说／犹豫什么／进来呀／我给你一双翅膀／一同飞向美丽的小岛"。爱情宝强劲的爱情攻势，四班长很无奈，像只受惊的小兔子，生活在恐惧的恶梦般的爱的烈焰中。最后，没办法，车间主任只好安排他回长沙休探亲假，躲避爱情的侵略。四班长的父母都在长沙。

把爱情宝调到我的班，是爱情宝母亲提出来的。后来，有人告诉我，爱情宝的母亲，对除四班长外的三个小班长，进行了一次秘密考察。爱情宝的母亲毫不犹豫地对车间主任说，个子最矮，长得最丑的那个班长。我得知这一内幕时，爱情宝已在我们班上了一个月班了。知女莫若母。爱情宝见到我就像见到一块石头。如果爱情宝是合成车间一段炉的炉膛，就算把我这块石头丢进炉膛里，哪怕几千度的高温，也烧不出火焰来。但想起爱情宝母亲的话，我还是不舒服。外貌上，我本来就极不自信，这让我有种雪上加霜的挫折感。我知道自己个头不高，像矮冬瓜一样，而且还是一双豆子眼，典型的三等残废。这严酷的现实，我自己明白就行，不希望别人指出来，这不是我的错。

爱情宝站在车间门前骂我是大骗子，大流氓。我气得眼睛发红，拳头握得"咔咔"响。她要不是个女疯子，要不是周技术员的女儿，就不是我的拳头握得"咔咔"响，而是她的骨头"咔咔"响。

居然有人相信这疯子的话，问我是不是真的偷看了她的日记和信件。这让我既气愤又悲哀。我赌咒发誓，都洗刷不清。在这起冤案中，我其实是个十足的弱者。我所有能进攻或者防范的武器，都无法发挥作用，我只有挨打的份。大家并不同情我的处境，只问日记和信里到底写了些什么。

我看过爱情宝的日记。不是偷看的，是爱情宝给我看的。具体内容现在记不清了。我觉得奇怪的是，在她的爱情文字里，看不出是一个精神不正常的人。印象中文字的逻辑严谨，想象力丰富，文字也很优美。一个32K的日记本，写了三分之二。爱情宝把日记本给我时，说，只能看两篇。她把让我看的两篇都折了印。我就看了她指定的两篇，至于信件，我一封也没看过。可爱情宝不依不饶，把状告到了车间，告到了厂里保卫科。我们的操作室旁，有一个换衣问。三面墙上做了柜子，每人一格，有门，有锁。门上是五花八门的锁。爱情宝说，她的日记和信收在柜子里。爱情宝一连三天到保卫科告我的状，保卫科没办法，就来看她的柜子，柜上没有任何被撬的痕迹，锁也好好的。她就说我偷了她的钥匙，另配了一把。我跳进黄河也洗不清。那段时间，我也像患了精神病似的。

车间主任做和事佬，要我给爱情宝认个错算了。主任说就看在周技术员面子上。主任还说，人家有病，你认什么真？大班长说，当时我们一起抵制，不让爱情宝来重油泵房，就不会有这事，问我后不后悔。说良心话，我不后悔。周技术员是我的恩师，我是帮周技术员，不是帮爱情宝，没后悔的理由。我后悔的是不该看她给我看的两篇日记。

在这件无中生有的事情中，我莫名其妙地犯了一个致命的错误。也就是主任说的，和她认什么真？我根本就不应该用正常人的思维和她理论，去洗刷自己所谓的冤情。不但无法洗刷冤情，反而佐证了自己的不正常。

爱管闲事的人

20多年没见左老太婆了，她退休后，就没见过面。见到她时，我一时没认出来。好像有人喊我的名字，连喊两声，我转头东张西望，也找不到声音来源，可以确定是喊我，声音不响亮，气场不足似的苍老，但吐字清晰，不会错。离我两三米远，有五个老太太，估计就是声音的源头。我回过头，望向夕阳般苍黄的老太们，初看个个面生，细看，脸形轮廓，仿佛还能从褪色的记忆里翻出来，却又无法复原到昨日。

不认得我了？那时你们叫我左老太婆。

我的记忆一下就复原了，只是和记忆里的左老太婆无法重合。记忆中，左老太婆的脸一直是严肃的，我在车间6年，从来没见过她的笑容，连笑一笑，她都怕犯"右倾"错误。她还有一个诨号，叫"马列主义老太太"。喊我名字的老人，一头卷烫过的齐耳短发，翻着波浪，一件大红绒毛罩衣，一脸慈祥的微笑，像多年没见的老外婆一样亲切。

从懂事开始，我就有小心处事的习惯，一时改不了，越雷池的事还是断然不敢为。车间里从领导到同事，都夸我是好青年，只有左老太婆紧盯着我，要我不要这样，也不要那样，而且常常还说些莫名其妙的话。什么全车间最坏的青工在你们班上。

左老太婆说的最坏的青工是唐老鸭。我在另一篇散文里写过唐老鸭。"唐老鸭长发齐肩，两个耳朵从未见过阳光。唐老鸭身高1.72米，120斤，单单瘦瘦，像一根'豆芽菜'。有次在生活区，一位外地老伯走在唐老鸭身后。老伯说，请问大姐，二生活区38栋往哪走？我亲耳听到的。把唐老鸭叫大姐、大嫂的笑话，车间每个人都讲得出几个。"

我和唐老鸭一个小班，下班时，两人并肩走在车间的马路上，经过车间办公楼时，左老太婆在一楼的窗口朝我招手。左老太婆问了我几句闲话，读了什么书，给父母写信没有，我都如实做了回答。左老太婆说，好了，你走吧。走出左老太婆办公室，唐老鸭的背影早看不到了。后来我发现，只要我和唐老鸭并肩走在她的窗口，就朝我招手，把我叫进她办公室后，聊三五句闲话，等唐老鸭出了车间大门，才让我走。我觉得蹊跷，什么意思？叫我进去，又没什么事，说三两句闲话，又叫我走。我不记得她给我招了多少次手，我到她办公室有多少次。有一次，一进她办公室，我抢先问，喊我进来又没事是什么意思，她才说，不要和唐老鸭走在一起，对你影响不好。她还告诫我，切不要学唐老鸭的坏样。

我和谁走，凭什么要你管？你不就是车间办公室主任兼统计员吗？老女人，丑女人，更年期来了。那个时候，我以为更年期是一件丑恶、难堪的事。骂她更年期来了，虽然歹毒了一点却淋漓痛快。她管我一次，我就在心里骂一次。骂得最狠的一句，出门遭小偷，在家被雷劈。那时，生活区没避雷系统，厂里曾有人被雷电击死在自己家里。

我不当面顶撞，心里反感也不表露，从少年时开始，我学会保护自己的方法，就是不和别人发生正面冲突，也不背后说三道四，只在心里骂一骂，出出气。少时听老人说，在心里骂谁，谁就会打喷嚏，我在心里拼命骂，要让她喷嚏打不完。

后来进了机关，参加中文专业的自学考试，当我读到孟母三迁的故事时，我才理解左老太婆干涉我和唐老鸭的往来并非恶意，她是怕我跟着唐老鸭学坏。儿子上学后，我不但关注儿子的行为，也关注与他来往密切的同学的行为，一个读过孟母三迁的人，都会下意识地把儿女的成长和周边环境联系起来，这也是为人父母的关心和爱。我和左老太婆没有任何血缘亲情关系，也不是邻里或父母的世交，我和谁往来是否跟谁学坏，无关她的痛痒，而她不管我如何不满，我那内心里的咒骂如何写在脸上，仍无私地关心我，这是一种大善大爱。当我能看清楚左老太婆的大善大爱时，她已退休十多年了，再也没见过她的面，也不知她还住没住在大厂的生活区。感谢的话说与不说并不重要，我在心里说了无数遍的感谢，重要的是我见到她后会真诚地叫她一声阿姨。那时一直叫她左老太婆，以至她姓甚名谁也想不起来了。

后来，左老太婆又盯上了我的头发。我有两个月没理发，头发盖住了耳朵。为什么两个月没理发，原因记不起了。我绝不是有意留长发。尽管80年代，男青年穿喇叭裤，留长发；女青年穿奇装异服，烫爆炸头，在主流里是坏青年的标志，就如现在说谁谁吸食毒品，就是贴上了一张坏的标签，人们见了就绕道走。那天我下班后，路过车间办公楼，左老太婆又在向我招手。上次她要我莫和唐老鸭走在一起，我虽然反感，但我还是装着无意地和唐老鸭拉开了距离，这天是我一个人走，左老太婆向我招手，又有什么事？把头发理了。她又说，年轻人学坏容易，学好难，不要学别人的坏样。我本来计划下班就去理发，听她一说，偏不去了。

第二天，我上晚班，下午3点半，路过车间办公楼，左老太婆又在窗口朝我招手，估计还是因为理发的事，我装作没看见，低着头只顾往前走。接班10分钟，大概下午4：20左右，左老太婆找到我上班的泵房，问我为什么没理发。我说，忙，没时间。

她没说什么，走了，10分钟后又来了。我帮你请了假，现在就去理发。我坐着不动，也不说话，她扯着我的手，把我拖了起来。我说，没带理发票。那时我们凭票理发不要钱。左老太婆说，我有。她把我押到理发室，一直陪着我。理完后回车间，我故意把步子迈得小跑一样，她在后面气喘吁吁地追赶，我生出一阵报复般的窃喜。

至今，我的相册里还保存10来张长发照片，都是在车间当工人时的留念，那些照片大概是进厂第二年或第三年两年内的，有的头发盖了耳朵，头发短的也盖了半个耳朵。那个年月，其实我从内心里也鄙视留长发的人，老师、父母以及其他亲友长者，都告诉我不能留长发，从头发的长短看出一个人的思想是否健康，思想是否健康决定一个人一生的政治前途，而且我也认为只有街头的小痞子和流氓才留长头发。从这几张照片，我无法复原当时的心情，但我仍然记得这些长发是因为反抗左老太婆爱管闲事而留的。我年少时向来胆小自卑，怎么会做出这么大胆的反抗行动？从那个时代过来的人都知道这长发后面要承担多大的政治风险！我年少时居然也有冒天下之大不韪的气概？

左老太婆是车间支部委员，协助书记抓政治学习。我们上完三个4点班后，第二天是副班，规定上午9点上班。这一天的任务，主要是学习和搞卫生，如果左老太婆没有时间组织我们学习，岗位上又没卫生可搞，就点个卯走人。左老太婆多忙，也要组织我们学习。她组织学习，都是念报纸，有时是《人民日报》社论，有时是报纸上整版整版的长篇通讯。开始由班长念，后来，她剥掉了班长念报的权力，自己亲自念，一念两个小时，中途不休息。播音员的标准语速，1分钟200字左右，班长读报纸，1分钟至少400字，只见嘴巴动，不知说什么。班长读报纸还有一个捷径，读一段，丢一段或读一段，丢两段。

每次上副班的有四个小班，20人，从头至尾，听她念完报纸的最后只剩下十来个人。那些敢不听她念报纸的人，都是红色家庭出身，又是厂子弟，他们在会议室坐十来分钟，最长坐半个小时就走人，也有报纸快念完了才来的，对他们左老太婆像没看见似的，睁一眼闭一眼。她在念报纸，有人公开骂她，老不死的左老太婆，还不退休。不知她听到没有，反正没回应。有一次，我听到有人当面问她，老不死的，什么时候退休？她回应说，在家里对你娘也这样说话？

对付政治学习最有智慧的是唐老鸭。我在那篇写唐老鸭的散文里还写道："没有一个规章制度规定上厕所要批准。管天管地，管不了拉屎。政治学习，唐老鸭不再请假。把一本金庸的《射雕英雄传》别在裤腰上，手中握着上厕所用的手纸。在会议室坐三五分钟后，手纸朝上扬了扬，说，要上厕所了。报纸念完，或书记的国际国内形势讲完，唐老鸭就假装从厕所里出来了。"

左老太婆有两儿一女，最小的儿子是弱智，不是先天性的，1岁多，一场高烧留下了后遗症。她的弱智儿子，我见过，个头不到1.6米，眼光呆滞，问他吃没吃饭的简单问题，他至少要思考5分钟才能回复，一对眼睛呆呆地望着你，我想他应该是在思考。那时好像是14岁，还在读小学四年级。据学校老师说，学校统计学生时，一般没把他统计在列，期中、期末考试，四年里，最高分得过20分。按学校的说法，让他在学校待几年，混个小学、初中文凭，好顶替父母的班。

我看到左老太婆为弱智儿子流泪，是被唐老鸭气的。唐老鸭穿喇叭裤上班，她要唐老鸭把裤子换了，唐老鸭说，不换怎的？她说，不换就剪。唐老鸭说，你敢？她不声不响地从工作服口袋里掏出一把剪刀。剪刀是不锈钢的，我看到了不锈钢发出的白白的光，突然，那光就到了唐老鸭的裤管上。唐老鸭的喇叭裤，有了一道10多厘米长的剪口。唐老鸭的脸拉长了，黑了，抬腿就要踢左老太婆。我们一齐把唐老鸭拦住了。要不拦住，那一脚下去，不踢断左老太婆一根骨头，也要踢青一块肉。

唐老鸭没踢到左老太婆，气没地方出，骂道，老不死的，活该养哈崽，报应，断子绝孙。我突然看到左老太婆眼睛里眼泪汪汪，闪着光。我想不起当时的心情，她从我们泵房走后10分钟，我到了车间办公楼，她办公室的门是关着的，里面传出嘤嘤的哭声。当时，我们的心是偏向唐老鸭的，觉得左老太婆做得过分了。

我们知道，这是车间书记交代的任务，车间书记在动员会上说，加强青年工人的思想政治工作，全车间开展空气清新运动，把奇装异服扫出车间。书记任组长，主任任副组长，左老太婆任执行副组长。尽管知道，她是执行者，这是她的工作，但对她的过分认真和暴力，嘴里不说，心里是无法接受的。年龄增长以后，在宣传部又增长了一些阅历，从各种渠道，对左老太婆又多了一点了解，再回想起她关着门在办公室哭，就有了些同情。

听别人说，那弱智儿子，发高烧前，白白胖胖，肉嘟嘟，谁见了都想抱一抱，亲一亲。小孩得的并非疑难杂症，只是感冒高烧，烧过了40℃。如果及时退烧，就不会有如此后果。厂里开先进典型报告会，车间分了20张票，票只给骨干，领导心中有分量的人，是殊荣，不能不去。吃了晚饭，准备去开会，发现小儿子发烧，大儿子小时发过烧，女儿小时也发过烧，晚上用冷毛巾敷在额上，第二天去医院打一针就好了。她把冷毛巾敷在小儿子额头上的任务，交给了大儿子。

左老太婆是东北人，和剥削阶级家庭划清界线，主动到贵州参加三线建设，最后，支援新厂，才辗转到我们厂。20年没回家看过父母，退休后，才回了一次东北和80多岁的父母团聚。

我回厂是应左老太婆的大儿子之邀。她的大儿子大学毕业后，分在市里工作，我调到市里一家媒体后，认识了她大儿子，并成了好朋友。回厂前，并不知道我的朋友是她的大儿子。

朋友说，他弟弟 10 年前过世了，他们家最大的伤口，就是弟弟，一个永远医治不好的伤口，他和妹妹第一个月的薪水，都用在弟弟身上，善待了弟弟，就孝顺了父母。白天，母亲在车间有使不完的劲，晚上回家抱着弟弟泪流不止，这印象，几十年过去了都挥之不去。

到了朋友家里，半小时后，才记起他母亲的名字，开始怎么想也想不起来，又不好意思问，突然来了灵感似的，一个彭字跳了出来，我试探地叫彭阿姨，她兴奋地叫了起来，眼角流出喜泪。她为我记得她的姓而高兴。

说起那次逼我去理发，她说："看到你和唐老鸭走在一起，看到你留着长头发，就像看到自己的儿子不学好一样，心里急，你小，不懂事，你不能和别人比，只要有点小失误，一辈子就完了。"

我心里一热，30 多年的事，历历在眼前，在窗口朝我招手，拖着我去理发的人，不是令人生厌的左老太婆，而是我的母亲，关心我，疼爱我，呵护我的母亲。

我说："大半辈子了，还没明白您的心意，我真浑！当年，我还在心里骂您，诅咒您，我真该死！要请求您原谅。"

"都是陈芝麻烂谷子的事，还扯它干什么。"朋友插进来，硬把我们的话题打断了。

离开朋友家时，我说："今天，我认了您这个母亲，往后，就像敬重母亲一样敬重您。"后来，每每想到那段车间生活，心里就有深深的歉意。我也不是愚顽之人，怎么就没明白她那份心？

尴尬三事

跳　楼

　　我在省报头版发表了一条新闻,在报眼下方,虽不是头条,标题字体比头条还抢眼球,仿佛眼睛一落到报纸上,报眼下方的标题,像千万颗卵精里,最活跃、冲在最前面、最先和眼球结合的那一颗;我用大拇指压到报眼下方的大号标题字上,大拇指下露出丝丝黑边,我又用大拇指压在头条的标题上,那字缩到大拇指下,羞羞地像龟头缩进了龟甲里。

　　三天后,我还没抑制住兴奋,一有空闲,就拿起报纸,仿佛每个字都是一个兴奋的迷宫,300多个迷宫,够我在里面兴奋一阵子。我刚当半年新闻干事,写了近百篇新闻,不是二版就是三版,影响有限,唯有这篇,让我像这条新闻一样闻名全厂。

　　一个姓侯的男人要跳楼。侯跳楼与我发在省报报眼下的新闻有关。新闻的核心素材是侯从车间主任降为车间工会主席,正科级降到副科级。侯的降职,与犯错误无关:侯一没政治立场错误;二没贪污;三没乱搞男女关系,是公认的老黄牛。与侯同时降职的有四个干部,一个处级干部,三个科级干部。厂长在会上说,要形成能者上,庸者下的氛围,政治、经济、生活作风犯错误了也不行,工作没成绩,就是过,要给有能力的人让路。

楼房周围的水泥地上，铺了三层棉被。负责救援的厂工会主席，手在棉被上压了压，又一屁股坐下去，颠了颠，感到水泥的生硬。三床棉被，无法承担对生命的承诺。棉被是从厂区倒班宿舍搬来的。倒班宿舍，供上零点班的操作工休息的。吃完晚饭，去倒班宿舍睡觉，零点前被工作人员叫醒。厂工会主席又吩咐说，快，把各处室值班棉被也搬来，再加一层。

高温高压是化工企业的别称。头顶上，脚边上，随便指着某根管道，里面就是百十公斤压力，在化工人眼里，百十公斤，就像家里的高压锅，不算压力，几百上千，他们的神经末梢，才会有些感觉。管道多在野外，有的一两年未曾歇息，管道壁上生出针尖般的小砂眼，里面的液体，线一样飞出几米。既要让管道内奔腾不息，又要使管道壁上针尖般的小砂眼，在耀眼的弧光中，永远闭上，这是焊工掌握的顶尖技术。全厂几十个焊工，有这种顶尖技术的，只有两个人，侯排在第一。侯的技术，在全省、在集团内部，也是在一二之间拉锯。

侯站在管道上，管道里有几百公斤压力，他焊枪一点，弧花四溅，心不慌手不软，但一站到人堆里，一到会议桌上，就找不到弧花的感觉了，前句完了，接不上后句。侯对第一副主任说："以后车间所有会议由你讲话。"后来，每逢开会，侯像个副职，只能当个旁听。

年初，厂长工作计划，全年连续运行 300 天。一次全厂性停工，最低损失百万以上。第一目标是 200 天。实现第一目标，要开庆功会，发奖金。连续运行到 196 天时，庆功大会的报告写好了，奖金到位了。我们把奖金的用途都规划好了。197 天，一声炸平一座山似的闷响，一股黑烟，盖了半边天。我们的奖金泡汤了，都咬着牙齿骂侯是草包。侯差一点光荣了，落到他身旁的碎片，最小的一公斤，离他最近的，半厘米。

报眼下的新闻，每个字都是真实的，经得起事实和良心的检验。新闻有200多字，其中200字写了侯。侯被降为工会主席后，在办公室坐不住，到维修班干活的习惯未变。201B的出口管有砂眼，他带压把砂眼焊死后，回到办公室，有人叫他看当天的报纸，说侯主任你出名了。新闻还没细看，侯的眼睛里含满了泪水，看到一半，泪水就溢出来了，他用沾满油污的手，抹一把眼泪，却把自己抹成了一张花脸，湿湿的，黑乎乎的。口里重复地嘟囔："还有脸见人？还有脸见人？"侯第一次没到下班时间下班了，也打破了没请过假的记录。一连三天躲在家里，不敢出门。老婆帮他请假。

　　侯站在楼顶，哭泣说，没脸见人了。

　　全厂同情的目光，全都投向了侯。这种同情目光的反向就有了责难的意味，我从同情的目光中，收到了怪我多事的信息。

　　侯站在楼顶时，楼房旁围满了人，我没去看热闹。我没勇气看热闹。我成了侯跳楼的罪魁祸首。我也同情侯。我没想到会出这种结果。我想对侯说对不起，但我又觉得自己没错，对不起无从说起。工厂空间太小，他的身影，走不出我的视线。我躲不开他的身影，就躲开他的眼神。自从侯从楼顶下来，我们俩的眼神就没见过面。

徐　工

　　化工家族，由罐、塔和管道三大成员组成。放眼看去，铁灰的底色上，间杂红、绿两色。蒸汽和有毒有害气体管道为红色，水和无毒无害气体管道为绿色。厂区的每寸土地，都被管道盘踞。管道沿着平平整整的土地向前延伸，突然，一跃而升，升腾到五六米的空中，又垂直落下，隔三四十米，重复一次。拱门般的弯道多了，厂区的空间里，有了立体感。有的管道，受空间限制，就地盘出弯弯拐拐的弧道。"革新大王"徐工说，起起伏伏，能保持管道内的压力。我每次站在罐、塔旁，管道下，心里由衷生出敬佩，要理顺这些复杂的管道，对我来说是高深的数学题。

我为徐工写了一篇新闻通讯，标题叫"革新大王"，发了三家媒体。集团老总看到了，知道我厂有个革新大王，后来，集团老总作报告，讲到技术革新，就忘不了徐工，某某厂的革新大王徐某某。集团老总说得多了，厂长就将徐工当金牌挂在嘴边。

徐工一说到罐、塔，说到合成氨工艺，如一个满分小学生背课文一样，流畅、悦耳，说到技术名词，就像说家里有几把椅子，几张桌子，熟悉得不用思索，随口就有，这倒把我难住了，对于技术名词，仿佛是外星语言，不懂意思，而且大部分连字都不知道如何写。问到技术外的事，他惜字如金。

我问："技术革新失败过吗？"

他答："失败过。"

"失败后，你怎么想？"

"没想。"

"灰心不？"

"不。"

除了技术，我没办法深入他的内心。我的采访本上，记了十多页技术名词和陌生术语。我翻开采访笔记，想整理一下写作思路。不整理还好，隐隐约约还有些思路，一整理，连思路都找不到了。我写的是新闻通讯，不是技术说明文。新闻通讯，要有鲜活的细节。

第二天，我改变了采访策略，决定跟班。8小时内，助手一样跟随他。201D（设备名称）温度上不去。徐工问："把201C调高没有？"白班技术员说："调了，把201C调高，202C受影响，不敢调了。201D是本年度技术改造的重点设备。"徐工对白班技术员说："上现场看看。"我分不清，哪台设备叫202C，哪台叫202D。徐工指挥操作工说"再开大一点"，又说"把那个关小一点"。突然，排汽阀传来一阵尖厉的叫声，我以为爆炸了，肌肉一抖，恐惧随血液流遍全身。徐工高声指挥："快！恢复！"徐工自言自语，什么原因？回到办公室，徐工从柜子里翻出三大本技术资料。我坐在徐工对面，无所事事，看徐工查找资料，胡思乱想起来。我觉得，如果把合成氨装置看成一个有血肉的人，徐工就是个外科医生。手术刀一下去，牵一发而动全身。快下班时，徐工对我说："别跟了，我求你。"

技术处技术革新鉴定书上说，徐工承担的201D技术革新，在集团内部，甚至全国都是重大技术革新成果，是首创，是先例。年效益达700万元。重头新闻。手中的资料，仅能写一条几百字的消息。我不能失败在采访上。过了一星期，我才找到采访的突破口。我一遇到解不开的结，就如消化不良，咽到肚子里，翻来覆去地倒腾。有天下班，边骑自行车，边在心中倒腾这突破口。终于想出了办法。绕开徐工，采访徐工车间的书记。

书记提供了一笔记本鲜活的细节。有的细节，一听就知道是书记虚构的，无法自圆其说，只能放弃。连续三年，徐工的技术革新，都是全国首创。徐工技术革新上了瘾，我为徐工写新闻通讯也有了瘾。连续三年，我年年为徐工写一篇新闻通讯。后面两年的新闻通讯，只把年创经济效益的数据变更。鲜活的细节仍是书记版。

一封匿名信和我商榷。说是商榷，实是批评。匿名信把写徐工的通讯，一口咬定是假新闻。我只担心有人在细节里挑骨头，细节都是书记提供的，我没去一一核实，也无法核实。我不担心数据有错。数据都是技术处、财务处、计划处联合测定，上报集团的。只要数字不假，新闻就站住了，个别细节有出入，瑕不掩瑜。

匿名信专对数字来的。匿名信说，第一篇通讯，徐工有两项革新，共创效益1000万元；第二篇1300万元；第三篇900万元。

徐工技术革新的效益，今年应有 3200 万元。厂里的政策性亏损，从 1500 万元，三年递增到 8600 万元。匿名信问我，徐工技术革新创造的效益哪去了？

3200 万哪去了？

问醒了我这梦中人。匿名信换个思维看数据，两个字，震惊！曾有朋友也说是假新闻，我不服，和他辩论。有官方数字撑腰，有一股英雄气概，捍卫真理的正义。匿名信这一问，心底冒出一层汗。如果再有朋友和我辩论，我的头还挺得起吗？声音里，还有那真理般的力量吗？

批指标

厂纪委领导客气地把我请进办公室，贪污受贿的事轮不到我，坦坦荡荡坐下。纪委领导敬烟，倒茶，递根香蕉给我，动作里有几分殷勤。我放肆地享受贵宾待遇。我的办公室和纪委领导仅一墙之隔，平时鸡犬之声相闻，老死不相往来。

当年，能从厂长手中批 10 吨指标，就是富甲一方的万元户。那时一万元，我的想象，无法挥霍一空，一个天文数字。厂招待所的旅客，一半以上是朝我厂的产品指标来的。

厂纪委领导说："我厂每年自销 50 万吨紧俏产品，没一两进入厂领导亲属的口袋。"纪委领导举例说，厂长表弟，书记表叔等都是一张笑脸来，一张苦脸回。

50 万吨自销产品，厂长批字后，汇归计划处执行。计划处长，给了我一份廉政建设的经验材料，500 字的消息，素材全是来自这份材料。消息的主题：某某厂党政领导为政清廉。副题是：50 万吨自销产品没一两落亲属腰包。我很自信，只要激起了我的新闻兴奋点，就能激起媒体的热情。果然，稿件一寄出，五家媒体采用，有的还加了编者按。

消息见报不到半个月，报纸还在办公桌上发着油墨的芳香，集团纪委调查组就进了我厂。集团公司旗下，有一家厂的厂长被"双规"了，这家厂和我们厂生产同一产品，厂长是因弟弟卖指标受到了牵连。他弟弟的指标，有一部分是我们厂长批的。被"双规"的厂长也批了等量的指标给我们厂领导的亲属。集团纪委一来，厂党政领导廉政的秘密就被戳穿了。

有人说，我给厂领导写廉政新闻，是拍马屁，实属冤案。但报上的文字，让我无法也无力洗刷这臭名。有理解我的朋友，善意讥笑说，一两太少，当然不要。朋友说，其实也不能怪你，吃这碗饭，身不由己。一腔热情，落了这个结局，也只有惭愧和沮丧。

幸福生活

一

主席台上，一排坐了 10 个威严、肃穆的厂级干部。台上灯光偏红，映得他们个个脸放红光。坐在一排人中间的新任厂长，作《以主人翁精神，创造幸福生活》的履新报告。新任厂长给全厂职工画了一张幸福大饼。惹人喜爱的幸福大饼，醉得台下鸦雀无声，所有的兴奋，都混着血液，流在血管里，然后，涌到脸上。中层干部们，脸上都表露出要追随厂长奔幸福生活的冲动。我是厂报记者，混在中层干部里，也暖乎乎的，一阵阵热流，像氢气充满全身，一下失去了重量，就要飘到天上去了，还有一种要歌唱的欲望。

厂长的幸福生活，概括起来，主要有四：一、两年内盖十栋家属楼；二、家属楼内，冬天免费送暖气（按当时政策，黄河以南不准集体供暖），送热水，夏天送冷气；三、两年内工厂所属幼儿园、中小学，从硬件到教学质量，跻身全市前列；四、每月免费领鲜肉、水果（那年月鲜肉市场上凭票供应，水果在市场看不到）。

中层干部会散了半天，我还像吃了兴奋剂一样亢奋。幸福生活，像送卫星上天的火箭，带着我的思维狂奔。半小时，一千多字的消息和本报评论员文章，一气呵成。题目就叫"幸福生活"。我觉得挺有灵感，充满激情。稿件一出手，先把总编感动了。以往的稿件，有错没错，总编都要涂几处红色印迹。我见留给总编斧正的标点原封没动，以为总编忘了看。问总编。总编连说："很好！很好！"总编又说："消息和评论捆绑成一组，发头条，套红。"厂报平时不套红，遇重大节日和重要文章时才套红。

二

黄突然走进我的办公室。黄是市工业局的副科长。黄说调到我们厂里来了。黄的妻子是厂办公室机要员。黄和机要员结婚三年，孩子两岁半。他们是在一个仅能容纳一张床的空间里实现爱情梦想的。这个空间再加一个儿子，他们的爱情，就不知搁什么地方了。黄想在市政府机关排队分房，越排越没底，根本不敢在机要员面前提及。

两房两厅的住房，冬有暖气夏有冷气，想要什么有什么，像一个热馍馍，挂在机要员的眼前，就是吃不到。厂里有规定，夫妻双方都在本厂工作的双职工才有分楼房资格。如果夫妻双方，有一方不在本厂，就叫单边户。按分房等级，领导干部一等，三房两厅；双职工二等，两房两厅；单边户三等，建厂时期的小平房，一间卧房，厨房在走廊上，公共厕所。子女出生，上幼儿园，进小学中学，读技校、中专（本系统），双职工子女的身上，天生带着优待二字。双职工的好处实在太多太多，无法一一列举。厂长在报告中提出的幸福生活，单边户只能在一旁郁闷。

机要员待在领导身边，大小领导都见过，10多个单边户怂恿机要员出面，找后勤处长。后勤处长口气像铁一样奚落机要员说："吵什么？在领导身边，连老公都调不进，以为你有好昂（很能干）。"机要员发毒誓，不把黄调进厂里，就和黄离婚。

黄28岁，当了三年副科长，全市最年轻的副科长之一。局长对他，如对儿子般器重。认识黄的人，都说黄的前途是鲜花铺就的。机要员要求黄调厂里来，黄不同意。黄说，要不你调我们局里来，机要员说，谁稀罕你们那个破"局"？你们局里有两房两厅？有暖气？有免费鲜肉、水果？什么都没有，算幸福生活？那时，市面上的猪肉等紧俏商品，还要凭票供应。这个话题后来又继续了几次，谁也说服不了谁。

黄下班刚进家门，洗了一把脸后，弯下腰逗儿子玩。机要员正在做晚饭，怕油烟熏进卧房，液化气炉开得很小，火苗像古时候照明的灯火，菜在锅里半天没有动静。黄把儿子抱起来，说："看妈妈给我们宝贝儿子做什么好吃的？"机要员心烦，说："走走走。"黄抱着儿子走开了。这时，机要员给黄提了一个问题，机要员问，我重要，还是乌纱帽重要？黄没作任何考虑，说都重要。受了后勤处长的奚落，机要员的脸上，一天都乌云翻滚。黄的回答使乌云翻滚成了恶浪滔天。机要员把锅铲一丢，收拾衣服，抱着儿子，回娘家了。机要员的娘家就在厂生活区二区，八分钟到家。机要员临走时下最后通牒，想通了，调厂里来，就去接她，要不，离婚。

局长亲自和黄谈话。局长说："提拔你成为科长的事，局党组已通过了，下个星期就发下来了。这时走，对你不利，局里也是损失。"局长还说，"衷心希望你留下。局里两年走了5个人，只有你，我亲自挽留。"黄苦笑。叹息说："不想走，没办法，不愿家庭解体。"

前些日子遇到黄，说起当年的选择，他唏嘘不已，一脸后悔。当年挽留他的局长，后来当了副市长。黄要留在局里，最差也能混个副局长，说不定当局长了。黄在厂里也混到了副处级，但在政府部门的副处有3000多月薪，这数字在全省公务员中是倒数的。黄现在每月工资2600元，这数字在全省国有企业是居于前列的。企业一再减员，副处级 55 岁，发百分之九十的工资，离岗回家休息，黄过 50 了，快要回家了。

三

  争鸣初恋女友叫小静。争鸣和小静，是在知青点牵手的，长达八年的持久恋爱。争鸣先小静招工一年。第二年，小静有机会进长沙国营单位，为了爱情，小静放弃长沙，选择了和争鸣一墙之隔的市级集体企业。争鸣和小静一墙之隔，无法一同奔赴幸福生活。如果争鸣和小静结婚，只能算单边户。为了幸福生活，争鸣横下心来，用一把现实的刀子，将初恋割掉，携本车间一个死了丈夫，大他 3 岁的寡妇，一同奔向幸福生活。

  争鸣不敢露面，小静守在争鸣宿舍门前，不见人不走。我告诉小静，争鸣回家了。她不信。小静说："我坐这里等他回。"失恋的打击，首先击毁的是小静青春的容貌，眼睛、鼻子都架在骨头上了。我见小静精神恍惚，对小静有几分同情和担忧。我知道争鸣躲的地方，我忍不住，想带小静去找争鸣。争鸣一再拜托我，小静来找他，让她走。争鸣说："我和小静永远没未来。"后来，我突然想到小静的同事。她常和小静来玩，我们有时叫她胖妹妹，有时又叫胖甜心。活泼、爱笑，有她就有快乐。胖妹妹不算胖，丰满，只稍稍超标，主要是圆圆脸，助胖。争鸣见我和胖妹妹说话，常有默契似的，就说："要不要帮忙？"那时，我选对象的目标，是在围墙内，没想过在围墙外发展。我说："帮忙？帮倒忙差不多。"争鸣懂我的意思，不再提。胖妹妹来了，连哄带骗把小静带走了。

  第二天，小静又来了，胖妹妹陪着。我把胖妹妹拉到一边，责怪说："他们的事，没可能了，你又把小静带来干吗？""谁愿意带她来？有什么了不起？不就是你们厂大一些吗？无情无义，谁稀罕！"小静哭了一晚，被分手，让人伤心。胖妹妹说完，眼睛红了。她是替小静难受。我虽同情小静，但我无法帮她，只能硬着心肠，叫她别再来了。我想，让小静死了心，也就是帮了小静。

争鸣给小静写了一封绝情信。下午5点半，小静又来了，这次胖妹妹没陪着。我把争鸣的信转给了小静。小静看完，没哭，一阵狂笑。那笑，令我身上汗毛竖起，心想，小静不会发疯吧。小静的背影融进了洞庭湖橘红色的夕阳里。见她走远了，我替争鸣松了一口气。现在，我只要远远地看到洞庭湖橘红色的夕阳，眼前就出现小静远远的背影，响起小静狂野的笑声。

小静在所有熟人面前蒸发了。是死是活至今是谜。

深夜，争鸣来访。只有10多个小时，他就要做新郎了，深更半夜，他来干吗？我正纳闷，他把手中一个大纸包放我桌上。淡黄色牛皮纸，这纸防潮，纸上覆了一层薄膜。打包绳把四角打得方方正正，一如战士的行军背包。争鸣说："我要在你这里寄存点东西。"我问他："什么东西，这般隆重，神秘兮兮。"他不肯说。他不说，我也知道，故意说："你把东西寄在我这里，我可以不看，至少要告诉我是什么，我不能不明不白呀。"他说："是小静的信和照片。"他还说："他把爱情都包进了这包纸里，拜托我一定要替他保管好。"临走，他左一声拜托，右一声拜托，仿佛我会把他的爱情弄丢，放心不下。

争鸣闪电般割掉初恋，初恋的伤口，却无法愈合。割掉初恋的阵痛，麻木期一过，痛连着心。争鸣和寡妇的婚姻，仿佛是伤口上的细菌，感染面远远超出了伤口的范围。最后，争鸣不得不把这场闪电婚姻也割掉了。

至今，争鸣仍是孤身一人，逢人就忏悔对不起小静，他说他有种预感，小静会回来，还会回到他身边。最初，我安慰他，后来，我见他就躲。他对小静的忏悔、怀念对我是一种折磨。

四

刘姨是车间保管员。我在车间倒班时，叫她刘姨。刘姨过节似的，脸上写满了快乐。快乐是由一封信带来的。深圳有家法国人开的公司，给她女儿来了一封信，通知她女儿，已被公司除名。从接到信件开始，刘姨的嘴高兴得没合拢过，见人就呵呵笑，没人时，一个人偷着乐。

刘姨女儿小名叫敏敏。敏敏有一个多月没去深圳上班，不是敏敏不去，是刘姨不准她去。敏敏是学法语的，在深圳一家法资公司当翻译。敏敏回家转户口，计划在深圳扎根。敏敏一回家，刘姨就把户口本藏起来并和厂医院的医生串通，说刘姨得了什么要命的病，让敏敏一时回不了深圳。那时通信不发达，没有手机，也没私人电话。敏敏要向公司请假，敏敏的爸爸说，他帮敏敏请。敏敏爸爸办公室有电话，公家的不要钱。敏敏就把公司的电话号码给了爸爸。敏敏爸爸给她公司打电话，不说请假，说敏敏找了新工作。收到敏敏公司的辞退信，敏敏爸爸对敏敏说，他要出几天差，要敏敏照顾好妈妈。敏敏的爸爸直接去了深圳，按规定领到敏敏最后一笔工资，还把敏敏在深圳的私人物件打了包，托运回来。

敏敏哭了两天。

"哭什么？父母只会为子女好，还害你？我立即退休，下个月你就顶替我上班。深圳有什么好？公司一不管你的住房，二不管你的吃喝拉撒，还不稳定，喊辞退就把你辞退了。厂里上班多好？结婚证一领，两房两厅，鲜肉水果吃不完，还是铁饭碗。"敏敏说："我喜欢法语，喜欢我的专业，厂里我能干什么？"刘姨说："我的宝贝女儿呀，太天真，厂里有几个大学生专业对口？他们照样生活得幸幸福福。读书为什么？学专业为什么？还不是过幸福生活？招工手续一办，你的幸福生活，铁定了。"

我理解刘姨。当年，要调进我们厂，都是请省、市的头儿们打招呼。这些头儿，掌管着工厂的命脉。1984年，我借调到市文联下属一本刊物当编辑。我去之前在车间倒班。我倒了6年班，烦了。凌晨，别人都在甜蜜的梦乡，我却赴难般地踏进工厂大门。我在文联当了3个月编辑。工厂宣传部突然来电话，希望我回厂，不倒班了，到厂宣传部。我兴奋得只能用一字形容，笑！脸在笑，全身都在笑，心脏都快要笑出来了。我人在文联，心在厂。潜意识里，我们厂就是世界的中心，幸福的象征。我们厂里职工，对厂围墙外的人，都有一种怜悯心。我们常替围墙外的人们担忧，他们工资低、福利差，住房窄小，那日子怎么过？我来文联，一是迫于倒班的无奈，二是借文联在文学艺术上的近水楼台，希望能先得月。回厂宣传部，没了倒班的恐惧，宣传部也少不了文字，不缺用武之地。有朋友劝我，搞创作，优势还在文联。现在我明白了，那时，我的心被工厂的围墙困住了，我的思维跳不出围墙，如悟空跳不出如来佛的手掌。刘姨曾为敏敏顶职一事，征求我的意见。我记得，我是这样说的，一个厂内的顶替指标，对外厂人来说，就是从天上摘来的月亮。

3年前，我遇到敏敏，她还是叫我叔叔。在工厂里，同事间称呼，很好玩。我叫她妈妈刘姨，她叫我叔叔，一直这样叫。敏敏顶刘姨职后，在车间倒了5年班，后调到厂资料室，当了资料员。敏敏成了一个大胖子。我是在公共汽车上碰到敏敏的。她一个人坐两人的座位，几乎没有空余位置。我问她还好吗？她说内部退养了，每月400块钱够吃饭。

后来，我听厂里的朋友说，40岁的少妇们都退了。厂里现在35岁算年轻人，45岁算老年人。敏敏39岁退的，每天打牌，几乎成牌精了，每月输赢相抵，有时还有盈余。朋友说敏敏发胖是打牌打的。1天24小时，20个小时坐在牌桌前，不长一身汽泡肉才怪。

第三辑
发光的虫子

蓄水的村庄
向往一种优雅
发光的虫子
神秘的丘陵
…………

蓄水的村庄

要致富先修路，这句为农村致富而量身定做的口号，曾掀起过一波乡村公路硬化热。5年前，我在岳阳华容农村扶贫，第一选择就是协助村里硬化村级公路，我带去的扶贫资金不到半勺胡椒粉，顶多是一碗面的作料。前些日子，回到故乡宁乡，县文联杨罗先主席陪我走了一趟关山，那里秀美的山水和农民们的富贵早有耳闻，长沙至常德的长常高速，刚出长沙就有秀美关山的广告，长常高速路过关山，为这个村庄留了一扇通往世界的大门。15年前，杨罗先在当地任乡党委书记，关山开始进入创业规划期，夕阳西下，我站在青年堤上，从橘黄色的波光里发现了当年规划中最神奇的一笔——要致富先蓄水。3000多年的中华农业文明，农民与土地结成了生死同盟，尽管人类起初进入熟食阶段是先依盐而居，再到依水而居，人类延续到今天，水仍是生命中不可缺的分子，但人类和水的关系远没有土地深厚，土地是无条件崇拜，水却爱恨参半，在汉语词汇中，几乎找不到半个对土地不敬的字眼，对水的不敬却可以随手拈来，洪水猛兽，水性杨花，水患等。把土地藏身水底，是对世世代代在泥土的芳香中寻食的关山人感情、生活习惯上的大挑战。蓄水方案一出，质疑声貌似是为即将淹没水底的土地鸣不平，其实是关山人对土地情深谊厚，迈过这一坎时必须经历的痛苦和挣扎。

　　一个人的辉煌，虽少不了自己那份发愤图强，但也不能缺少贵人相助的环节，一个村庄的兴旺，也和人一样，身后总站着一群默默关心它的贵人，无须忌讳，关山身后有一个强大的贵人团。但是，我站在关山青年湖畔时，便认定真正成就关山绿色生态文化旅游区的是这湖碧水，没有青年湖的关山是个什么样的关山？我想最富有也摆脱不了珠光宝气的土豪形象，更相信，即便是只金凤凰，也只能永久落户在这层层叠叠的丘陵里，灵魂仍旧在传统和压抑下妥协。也许我对水的一种过分偏爱，万物中最娇媚的是水，贾宝玉说女人是水做的，也是说水的娇媚，回眸一笑百媚生的女子，眼睛里必有一汪清冽冽的无形之水。青年湖两岸翠绿的丘陵上，一株株植物都似站在 T 台上展示风情的女子，天真纯净，美艳四射。清澈的青年湖拒绝轻佻，孕育了一山山庄重的美，那美，她与每一个到关山的人贴心贴肺，诚心地替我们清理被城市废气污染了的五脏六腑，我站在青年堤上心脏的负荷仿佛突然轻了许多，一种由美而生的温馨。

　　关山人享受到了水的诸多妙处，有一汉子在青年堤旁剖鱼，身边 3 条 10 斤以上的大熊鱼，汉子的大拇指盖不住一片鱼鳞，鱼头白里透红，还放出光亮。我问了一句愚蠢的话，汉子笑说，不是买来的，青年湖里捞上来的。我突然有一种错觉，以为到了洞庭湖畔某一个水乡。关山虽算不上严格意义的水乡，但青年湖给关山人带来了水乡生活，水里有鱼，水面有装了篷子的机动船，还有用浆划的小木船，我想关山这些世世代代以种稻谷为生的泥杆子，今天也许有了一身水上功夫，长眠于地下的关山祖先们，也许做梦都没想过他们的子孙有朝一日长了一身浪里白条的本事。

　　传统文化里风水一说，曾被当作神秘文化、封建迷信而惨遭杀戮，当年我们嘴上斗志昂扬地讨伐风水，几十年后才发现，风水一直藏匿在我们心中，我们的心成了风水的避风港。换个角度看风水，风水并不神秘，也不是所谓唯精神，它甚至是物质的，是一种生态形式。风从水起有水就有风，物理老师告诉我们，水面气压高，便于空气流动，风从流动中诞生。从字义上讲，有风才有景，好风景自然离不开风，风又离不开水，风水风水，便是人类生存环境的一部分。有了青年湖，山清水秀，风水就变了，关山男人找不到老婆的穷日子也到了头。金洲镇的干部兼关山村第一书记陪我们走访农家，这家男主人40出头，女主人是从传说中的美人窝——湖南益阳桃花源嫁过来的，男主人35岁随同关山的风水一道转运，正上幼儿园还不到4岁的宝贝儿子，在门外天真幸福地玩跷跷板，这宝贝儿子真是个幸运儿，待他长到婚娶的年龄，再也不会有好女不嫁关山村的心酸事了。这三口之家，靠葡萄和豆腐两项，年收入20多万元，男主人寡言少语，但那份满足点点滴滴都写在脸上，桃花源女人话多，笑脸比话还多，话是从心里说出来的，笑也是从心里流出来的，那胸腔里仿佛酿着一缸蜜。以前，关山是金洲有名的光棍村，三四十岁的男人曾被贫穷宣布脱光无望。关山的风水一变，这批男人都掉进了外地女人的温柔乡，一夜间关山男人成了紧缺资源。关山有两个1000万，葡萄年收入1000万，关山古镇4A景区门票年收入1000万，这都是货真价实的人民币，关山的风水真变了，变得关山人要风得风要雨得雨。

  关山地处湘中腹地，往东到长沙10多分钟车程，西至宁乡也不超过20分钟，湘中腹地连绵丘陵，有山而又总难出头，一个个都争着做矮子，单从地貌结构，少有湖泊把水扣留在山间。要致富先蓄水，也许这是我故乡县的发展模式。我一岁前随父母成了灰汤人，20岁时便把她作为故乡供在精神殿堂里，我搜索所有记忆，也找不到故乡那个叫紫龙湾的湖泊，我至今也不曾一睹紫龙湾的风彩，但我知道，那个灰汤人在致富路上造出来的湖泊，就像天上的神仙给我的故乡吹了一股仙气。关山也得了神仙的一口仙气。这神仙就是青年湖。关山不只一座青年湖，还有若干座小水泊，1000多亩水面，都是从无到有，稻田里掏泥筑坝而来。1000多亩水面是个什么概念，我如文盲拿着书本一样，本想问前任村党支部书记樊孝文（关山发展的设计者兼创始人之一），1000亩水面一条船绕一圈要花几多时间，或者有没有我们熟悉的那个广场大，最后我也不知是什么原因忘记问了。

  樊孝文给我的第一印象是福相，圆圆的脸很饱满，见面就说关山当年穷，求富心切，见别人种药，跟着别人种药，结果药还没长苗，种子就烂在泥土里，最后和泥土混成一家；第二年种菜，农民种菜是本行，简直是你想要它长成什么样就长成什么样，喊胖是胖子，喊绿就绿油油一片，墨绿的关山被丰收的喜悦收买了，他们蹲在菜地里，仿佛听到蔬菜"咔咔"的生长声，再听，又像是谁在数钞票的声音，当他们意识到丰收不能与人民币画等号时，眼睁睁地看着一垄一垄的"人民币"烂在土里兑不了现。樊讲的故事，其实是千万个农民致富路上遇到的同一批困难人，这类故事把我的耳膜都锤炼成了钢板，我并不以为意。当他讲到关山初创时的失误给今天带来的影响时，我的耳朵比雷达还敏锐了，这不是我有意要揭别人的短，像狗崽队一样从缝隙里窥探负面，而是多年文字经验告诉我，要把握一个人灵魂深处的脉搏，最好位置是在矛盾的旋涡中，看他用什么思维什么方法去处理。当年进行生态环境设计时，一棵观赏树间一棵果树，桃树、李子树、梨树、橘子树，各个季节的果树都间一些，一年四季都开花，一年四季都有果子吃，你想想，那今天的关山是什么样？一定比现在好，可惜，我们开始没有这样想。听完他的创业介绍，便和他走在访问农户的途中，他还指着路边一棵樟树说，假如这棵樟树旁栽一棵桃树，桃树旁再栽一棵槐树，旁边再一棵橘子树……讲到间种各类果树时，我发现他完全沉浸在花红果绿的幻想中，四季果树的花一齐开放，沉甸甸的果枝难以承载地垂向地面，他从幻想回到现实时，表现出的是一种最诚心的忏悔，他把忏悔化成了行动，凡来向他探讨咨询新农村致富经的，他首推观赏树和四季果树间栽的环境设计，要让关山的遗憾不再重现。我不懂得果树栽培，无法对技术上的可行性进行评价，但管理上的难题一定会让人头痛。樊孝文却说："不难，让游客摘，吃几个果子有多少钱？免费吃。"这人的思维与众不同，我眼前出现了一座高峰，仿佛突然见到了关山成功的钥匙，明白了何以在稻田里筑起一座成功的堤坝。

我站在青年堤上，望着被夕阳煮成了金黄色的湖水，正准备问它们，这些固定的、封闭的丘陵，把关山锁了几千年，现在又把你们锁在这里，你们就不感到寂寞、委屈？你们就不向往大海无边无际、白浪滔天的那份自由浪漫？它们仿佛看透了我的心思，还没等我张口，一个微微的波浪就在我的眼前荡开来，露出一张妩媚的笑脸说，我们每天收获了成百上千张笑脸，如果遇上节假日还会超万张，一张笑脸就是一个温馨浪漫的波涛，自从我们在关山落户后，关山风水变了，这些固定的丘陵就再也锁不住关山了，我们的心和大江、大湖、大海相通，今天的关山也随我们通往了外面的世界。

县文联主席杨罗先对我说："这夕阳美醉了，来，给你拍张照片。"我也想把映在青年湖的笑脸留下来，纪念关山之行，便摆了一个与年龄不相符的姿势，自以为我的心也随青年湖的水涌进了大江大海，人也就年轻起来了。

向往一种优雅

遥　远

　　遥远是我们把感觉拉长了。今天，从岳阳到武汉，时间距离比普通快车拉长了一倍，停停走走近5个小时。这是20年前岳阳到武汉的标准速度。如今，5个小时足以让闪电般的高铁在岳阳与武汉之间往返穿梭5次有余。这相较而言的缓慢，却未拉出我遥远的感觉来。

　　这仿佛不是一趟慢车，而是一台时光倒流的机器。20年前，5个小时的时间距离就如刚出家门。岳阳至武汉的距离被科技性地压缩成几十分钟，但心理距离并没缩短，去一趟武汉仍是用心来酝酿的远差。岳阳至武汉的提速，连我们的生活也成了高速度的俘虏，心跳又被高速的生活绑架了。高速运转，转来的是金钱和丰盛的物质，还有欲望的无限扩张，而我们的精神却被转晕了。

　　今天，我尝到了慢速的悠闲，淡定，如三九的阳光般暖融融地贴在胸间。又如坐在某个茶馆里的海阔天空，慢节奏中舒缓着精神。慢是让我们的内心宁静一些，纯粹一些，简单一些。

　　慢点，慢点，再慢一点！

空 白

飞机刚脱离地面，机头像箭一样朝天空一扬，再摆正身体时，一座偌大的副省级城市几分钟就成了一个小棋盘。几分钟前，我们的眼睛还被城市的水泥钢筋围困。最明亮的眼睛也越不过那拳头厚的物质，就算没有物质阻碍，我们的视野也出不了几百米。一直以为这是肉眼的悲哀，人的悲哀。

这个城市的东南西北尽收眼底。其实，还可以看得更远，只是飞机的飞行高度不够。

一片片还未弹开的棉花状的云块，仿佛早早地等候着让我们去穿越，所以来不及修饰边幅。一块块云朵，相互挤拥着，成了一堵墙，所幸，蓝天是深邃、透明的。飞机穿过拥挤的云层，仿佛碧蓝的天空切换了一个未曾见过的视频，一块块的白云被大师级的弹花匠细心打理，一根根细小的纤维晶莹透亮；每块白云，仿佛都尽其所能把手伸长，不让身体接触，留出圆形的、方形的或三角形的一个个空洞，仅几片云就布满了机舱外的一片宇宙。同样是几片云彩，未曾弹开的棉花状的云块，看上去虽美，但散发出来的都是小家子气，而后一个视频上的云块，块与块之间配合着留有各自的空间，就有了震撼之美，无限地扩展我的想象力。

空白是奇妙的。人与人之间，有了空白，才有了友谊和爱情。友谊和爱情的死亡，往往是空白的消逝。艺术更需要空白，文字里没了空白，仿佛鸟儿没了翅膀，人类没了大脑；空白是想象的家园，是想象的发源地。比如那留下了空间的云块，那云块之间各异的图形，我的想象力就从那些空间里起飞，飞向我坐的这架飞机也无法企及的宇宙。

都　市

飞机降落在一座副省级的大都市。从机场到这座大都市的其中一个火车站，35公里路程，朋友专车接送用了1小时40分钟。这1小时40分钟从感觉上远胜于从呼伦贝尔到这座大都市的5个小时飞行，天上的距离仿佛就在眨眼之间，地上的一个多小时，那期盼的视线，如在大海中抚摸海岸，左等右等都是无边无际的碧蓝。机场到火车站的遥远，是一种着了火般的焦虑，不是因为距离，而是一种不确定性。

汽车行得正欢，前面突然就走不通了，是进是退，朋友犹豫着，汽车就如关进笼子里的一只野兽。发动机"嗡嗡"地发出响声，犹困兽般嘶叫，心便从肉体中跑了出来吊在半空中，火车站的列车是不会等我们的。朋友笑说，同一个城市，邀朋友聚餐，要前一天打招呼，要不，饭店打烊了，应邀的朋友还在路上。

都市的灯火，如一条流动的河，从苍茫的云端而降，胜过仙境蓬莱。

我没研究过城市是如何诞生的。但我坚定一个理念，城市是为人服务的，城市的现代文明是基于人类的生存。城市是文明的载体，城市的成长就是文明的成长史，我们生活在城市，行走在高科技的间隙，误以为文明是一切幸福之源。汽车在璀璨的灯海中穿梭，双眼在眩目的光晕中陶醉，这只是在一座城市的表层行走，一个城市的真正文明在于她的内核，是一栋栋楼宇和一个个生命体之间发生的故事，是如何化解膨胀的物质与人类精神的对抗。

我经常接待一些大都市来的朋友，他们由衷地赞叹岳阳是一个适合人居的城市。过去我一直不认为这是赞美，乘坐在朋友的车上，在一座大都市的街头停停走走，有如成群结队的蜗牛在招摇过市。这时，我才理解大都市的朋友为什么会有如此感叹。适合人居并非城市文明的标签，相反它标示一个城市与现代文明的距离，我由此推想，一个现代文明的大都市一旦不适合人居，那文明的意义又在何处？

发光的虫子

用纸巾抹了一把嘴,走出餐厅,被一帮诗人朋友喊去散步。我平时有晚饭后散步的习惯,便毫不犹豫地响应。说话间,就和朋友们走在一条 S 形公路上。

据民俗学者说,岳阳其名,来自湖南平江幕阜山之南。山之南为阳。幕阜山是岳阳周边最高的山,海拔 1600 米。我们夜宿在 1000 米的半山腰上。

弯曲的路面掩盖了尽头,浅黛的薄雾遮住了坡度。此刻,假如在一架天梯上攀爬,也会以为是行走在平坦的普通公路上。

我在农村度过少年时期。那时晚上还是煤油灯,豆大的黄色灯火,无法给人安全感,我不敢独处一个房间,黑暗中滋生的惊悚和恐怖念想塞满脑袋。年岁稍大,在学校受无神论教育,把神鬼的外衣一件件剥除扔进了垃圾堆,于是一切神鬼在我眼里都像金箍棒下的妖怪现了原形。从理论上说,我不应该再恐惧一个人的黑夜。无神论者的世界里,只有看得见摸得着的物质,而神鬼都是非物质的存在。事实上,神鬼从来不会出现在人们的眼睛里,它不以物质为载体,而是依附在想象中。如果想象力仅局限在自己的目光中,精神世界也就无法超越目光。这样的人,连神鬼都绕着走,才有资格做一个彻底的无神论者。

想象力是人类的精神之神，一个人的精神疆界，是由想象力界定的。我无法给自己下一个想象力是否丰富或不丰富的结论，因为对天地的敬畏，对生命的敬畏，可以肯定，我不可能是一个彻底的无神论者。

一串串清脆的流水声，自上往下朝我们而来。山有多高，水就有多高，这是常识，此处听到流水声，就像看见火车行驶在铁轨上，任何形式的大惊小怪都成了幼稚的亲兄弟。

如果是白天，这些弄出一串串响声的流水，在我的眼睛里都像无家可归的孤儿，在山野里四处乱窜。而在黑夜，我的想象力却得出了和眼睛完全不相同的结论，似乎黑夜反倒给想象力安了一双明亮的眼睛。身边某片树林的杂草里，隐藏着一条弯弯曲曲的小溪，流水和溪岸的拥抱，嬉闹造出的动静，如跳跃在琴键上梦幻般的音符。

山上怪异的鸟鸣和流水结盟，似某个红极一时的音乐组合。"咯咯"？"布谷"？"咕咕"？抑或是"喳喳"，一声长一声短，发出这声音的物体是鹿是马，就算乱指一气，神秘指数也只会愈乱愈升。一说是猫头鹰，也有说是布谷鸟，还有说是乌鸦或什么什么大鸟，我更愿意把这叫声想象成是什么怪兽发出的。说话间，突然有个小动物慌不择路地从脚旁穿过，往山林里逃去。不知道是什么小动物，黄色的脊背和毛发，朦朦胧胧在眼前一闪。

今夜，要是我一个人走在这山路上，也许会出一身冷汗。我刚要表达这个意思时，身后有人先我一步说出来了，"好恐怖，一个人绝对不敢行走。"我的记忆里还有一人独自夜行的印迹：那种无助、孤单，恐惧控制了我身上的每一个细胞，一点微小的声响，都幻想成攻击自己的导弹。今夜身边虽有五个高大健壮的汉子帮我壮胆，但当那黄色毛发的小动物出现的瞬间，我身上还是发出了至少五秒以上的战栗。如果是独自一人就不是一闪而过的肌肉反应，将会是一场精神上的恐怖袭击。

或许因为一同散步的都是诗人，受他们浪漫气质的影响，把幕阜山的黑夜当成了一次新的生命体验，蜜月之旅、与自然之恋，一切恐怖要素，都感化成了愉悦因子，聚拢在我周围。

幕阜山的黑夜，像化工厂的催化炉，将浪漫主义的元素全部熔解到了我的想象中，如果真有山神野鬼，它们自然就是这趟浪漫之旅不可缺的伙伴。

此时此刻，我仿佛置身于世界顶尖级的大剧院，360度无障碍，放眼四周，我们就在舞台中央，不管南北、东西，都是最佳观赏点。黑夜成了幕布，我们在幕前面，演员在幕后。这是一场不能用眼睛观看的演出，只能用心聆听、感悟，用想象力还原舞台上的场景和画面。

流水弹奏的是什么曲子？肯定不是人间的，除了仙气，还有大山的纯情，她可以洗涤被尘世污染的魂灵，让浮躁的世界获得片刻安宁。往常急行军般的脚步，在这里找到了放慢的理由，心脏的搏动也随之舒缓、轻盈。

上幕阜山之前，耳朵里灌满了歌星们或高或低，悦耳婉转的歌声，但是，最大牌的歌星，最美的歌喉，都不曾让我陶醉。山谷中一声声还需要我用想象来配合的鸣叫，她与夜色融合成一体，和着我的呼吸节奏，成了血液中的一部分。

我忘记酷热，只觉得夜色如山林一样潮湿，空气中的负离子，蝌蚪一样成群结队地游动，虽然看不到，但我感到每平方有成千上万的气势。这些负离子从我的呼吸道、毛细血管进入身体，并弘漫开来，让我忘记置身在幕阜山深处，桃源仙境的梦幻，甚至还忘记了光明深处的红尘，阳光下的孽缘孽债。忘情地流连在一片净土上。

一粒绿豆大的光亮，比舞台上一束只属于英雄的聚光灯还耀眼。这光亮把我带回到童年的月色之夜，山坡上，田埂边，忽明忽暗的星光，星星一样点亮眼睛。

萤火虫，这个小昆虫的名字，仿佛就是童年的同义词，萤火虫就是童年，童年就是萤火虫。五六岁时，夏日月夜没有比捉萤火虫更快乐的游戏。把萤火虫装进透明的玻璃瓶里，我仍然记得，一个晚上能收获二三瓶。三五十个萤火虫在玻璃瓶里一齐发光，忽明忽暗，好比一瓶流动的光波，将漆黑的夜晚照出一片光明。

我们生活在昆虫和鸟兽的世界里。从个体数量说，人类远不及它们庞大，单说能发光的昆虫就有两千多个品种。我对它们的世界，如婴儿对人世的理解，所以，无法描述它们到底比人类庞大多少的具体细节。但是，以能发光的昆虫品种推断，这个数字只有近年出现的大数据才能解答。

如果以数量为标准分享地球资源，人类就是侵略者。人类总是选择俯视的角度看它们，举手投足都不失侵略者的意气。在昆虫和鸟兽的世界里，人类不比它们高明，只是长了一个善于偷盗，会模仿的头脑。我们的飞行器，就是盗窃了鸟类的飞翔技术；水下的航行，也是来源于潜在水底的鱼；人类的先祖们走出森林以后，同时也丢失了野外的生存技巧，今天我们又要返回去偷学鸟兽们的野外生存本领。

夜色中，看不清同伴们的脸，他们的身影都被黑暗吞噬了，声音却不受黑白左右，准确地传送到了我的耳朵里。有个同伴说："发光的不一定是萤火虫，有种形状恶心的虫子也会发光。"

之前，我以为昆虫里只有萤火虫才发光，同伴的话，打破了我长期坚守的浪漫情怀，半信半疑地打开手机上的手电功能。旷野间这块深黑的幕布，突然撕开了一道白色的口子。

同伴讲的恶心的虫子，受了惊吓似的，慌乱地在强光下爬行。绿豆大小的光点，是从尾部发出还是头部？我当时心里一阵阵发麻，幕阜山上黑夜的浪漫情愫被恶心的虫子搅飞了，没心情去分辨是从什么地方发出的光。

我从小就恐惧虫子，几十年都没有改变。青菜叶上，辣椒里面那种全身都是肉的小生命，不说用手指去触碰，就是看一眼，心脏的跳动都会成倍地加速，伴随而来的是身体的战栗。我明知它们不会对我构成危害，但我说服不了自己。

虫类里，我最厌恶毛毛虫，一种生长在枞树上的小虫子。它是一个看得见的小魔鬼，尽管弱小得人们毫不费力就可以把它踩死，但我总是躲着它，绕着它，仿佛遇到了无法战胜的敌人，只有早早地逃离。

幕阜山下，那条冒称萤火虫的李鬼，其状比毛毛虫还不堪，全身都是肉，每爬行一步，都像一小坨肉在滚动。

我把手机灯光关了，绿豆大的光亮又立即划破夜空，仿佛天上掉下来了一颗星星。以前不知道这是李鬼冒名，黑夜里一见那点点星光，心中就涌出一股童年的浪漫和温暖。横空杀出李鬼，我还能像信守合约一样，保持和萤火虫的默契吗？

我又多了一个大自然里的真相，但代价是尴尬的。

恍惚中，山下朋友喊我们下山的微信进到了我的手机里。

神秘的丘陵

不经意的一小点

  雄鸡状的版图上，那鸡冠就是大兴安岭不经意的一个小点。
  飞机把我丢在阿尔山机场时，我以为自己走进了另一个大兴安岭。不知是哪年知道有个叫大兴安岭的地方，便像画家画画一样，一笔一笔地在脑子里画了一个仅属于自己的大兴安岭。一个南方人的大兴安岭。
  我以为大兴安岭山高林厚，山高高过湖南的张家界，林厚厚过湖北的神农架，还有独霸山林的林间主人虎、狮、熊、豹。听说成吉思汗的先祖们，就是从大兴安岭走向无际的草原，经过无数代无数人的拼杀，才从鲜血里踩出一条征服之路。我固执地作如是想，这个民族血液里那不屈不挠，拼死也不服输的精神，就是神秘的大兴安岭所赋予的。大兴安岭在我的脑海里是巍峨的，神一般的存在。
  "兴安"，蒙古语是丘陵的意思。当我增长了这一层见识后，我觉得老天爷和我开了一个玩笑。要是刚知道这个地理名词就读懂"兴安"的意思，也就不会自作主张在脑海里多出一个仅属于自个儿的大兴安岭。小面包车出了机场，眼前飞过一座座小山头，我误以为又回到了湖南中部我家乡的丘陵山区。山头上的植被,是一幅我从未见过的技艺高超而又内涵深厚的画。此时我才相信,这确实是大兴安岭,只不过不是我想象中的大兴安岭。

阿尔山市在大兴安岭的西坡,市区仅有七千多居民,都是伐木者的后代。看到两侧直线般的丘陵,把阿尔山市夹在其中,我误以为自己仍置身在南方的故乡。

我们的祖先从大森林走出来后,森林就成了我们最原始的故乡,一种永远的怀念。人类对文明的向往和追求,最后把自己回乡的路也断了,不但自己没了回乡的路,连虎狮、熊、豹也找不到生存之地了。

从南到北,数千里行程,我为什么而来?飞机降落阿尔山前,我还不甚清晰,刚吸入一口阿尔山甜润的空气,豁然明朗,我千里追寻的是泥土和木质的芳香,甚至还想和独霸森林的虎、狮、熊、豹们来一个友好或不太友好的会面。出乎我意料的是,从第一批伐木者进入大兴安岭后,虎、狮、熊、豹们就不再敢在这森林里称霸王了。阿尔山像南方一样成了一座世俗而又充满文明气息的小城。

所幸,阿尔山仍不失为一个世外桃源,一年中,除了4个月的喧哗,三分之二的时间,把人们的欲望都封存在冰雪里。伐木者的后代们,追赶文明的步伐还像婴儿学步,昔日的伐木场,虽然洒满了祖辈的汗水,但那泥土里仍有木质的芳香。唯有木质的芳香和想象中的大兴安岭是统一的。伐木者的后代是聪明人,他们向往文明,但拒绝工业文明,工业文明是杀灭泥土和木质芳香的利剑,是天敌。他们仍沿着祖辈留在泥土中的脚印,修补和泥土、山林的友谊,并得到友好的回报。

有了泥土的芳香,伐木者的后代,才保住了祖辈们留下的一份宝贵遗产——头顶上那一片蔚蓝的天空。蔚蓝而深远的天空,将我们的视野引向无限极。纯洁的白云是蓝天的伴侣,只有蔚蓝的天空才配得上纯洁无瑕的白云。阿尔山的白云,那份纯朴是无遮掩的，不保留的，仿佛要把那洁白的心剖给天下人看。

心灵的祭坛

雨中踏着石级，一步步爬上敖包。风特别关照我们一行中的陕西朋友，钻到他的雨伞下，仿佛要连人带伞提起来，雨也在一旁斜着助阵。一级一级的石板路，是蒙古民族踏出来的希望之路，敖包也成了一个民族的希望之所，他们在敖包祭拜长生天，祈求风调雨顺。蒙古民族的先祖们，从大兴安岭莽莽林海，走向辽阔的草原，那一眼望不尽的青绿，对刚从森林中走出来的先祖们，是多么神秘？面对一个未知世界又是多么无奈？老天爷又常常出刁钻古怪的难题考验人类的耐心，培养人类应变灾害的能力。最初，人类无法明白老天爷的意思，便设立祭坛向老天爷求情，求个风调雨顺。我没有研究过蒙古族的长生天和汉族的老天爷中间能不能画等号，抑或是画约等号，就我的感觉至少是同一个方向的神，他们都是给人类以希望的神。任何民族，面对生存中的无奈，便要设立一个祭坛，所不同的是，有的设在山包上，有的设在心中。

滔滔江水向西流

在我的意识里，总以为都是滔滔江水往东流，固执地坚持自以为是的"真理"。哈拉哈河却从东往西流。

阿尔山的朋友们说，大兴安岭孕育了近千条河流，唯有哈拉哈河是一条恋旧的河流，它从大兴安岭出来，经阿尔山便一路向东寻梦而去，当它奔流到蒙古国时，突然怀念故乡了，怀念大兴安岭的树木和草原，便掉头又回到了大兴安岭。

哈拉哈河清凌凌的流水，是一面带摄像头的镜子，大兴安岭的山林、草原从镜面进入了硬盘。我站在哈拉哈河旁，双手伸进河水里搅动，跳起一些不经意的小浪花。盛夏的河水冰冰凉凉，刺痛皮肤。我明白了，流水生气了，流水的每一秒钟都是宝贵的，它即刻就要远走他乡，它用近乎冰的温度来刺激我的皮肤，警告我赶快离开它，我双手的光顾，干扰了它把一个完整的家乡摄入心中。这个世界没有力量能阻挡它对故乡的怀念，也没有任何东西能取代心中的故乡。

我把手上的水珠，朝它的伙伴们一甩，让它们回到同伴中去。它们即使用电流的速度向东奔流，但故乡永远珍藏在它们心中。

游子，总有一天会回到故乡。

红 叶

一

去河南焦作时，没打算去看你，焦作的朋友说，你的家族占据了博爱县青天河，106平方公里，全是你们的天下，一袭袭红色身影，羞红了蓝天白云。

我们决定去青天河，但只计划去半天，不言而喻，此程专为你而来。青天河由七大景区组成，坐船、戏水、爬山，我们把这些项目都从行程中屏蔽了，包了景区观光车，直接上了靳家岭。

站在靳家岭山顶俯视青天河，如两面垂直的悬岩夹一条仅半步之遥的水沟。而仰头朝天时，却像站在盆地里，四周被盆地和蓝天限制。此刻，你在我身前身后的山坡，展开一张张胭红的笑脸。回顾四周，山峰起起伏伏，山坡高高低低，你的队列随山峰，随坡度展示一个个立体的红色方阵。方阵从沟下开始排列，也许角度误差，当我朝下俯视，你的朝气和热情，不像我视线之上的你，那么勃发，那么尽情。或者说，我俯视你时，你是一只没有开屏的孔雀，当我仰视你时，你像只公孔雀，展开艳丽的尾屏。不，我不应该拿你和孔雀比，尾屏最美，总要暴露几分做作和轻浮，有讨好之嫌，你的美是庄重且有内涵的，用一生精血凝聚而成。

青天河景区把 10 月和 11 月定为你的节日，是你一生中最美丽的两个月。此时 10 月中旬，景区门口，红旗正在招展，广告牌鲜艳如新，横跨公路的欢迎横幅、贴在墙上的标语，让我们生出终于找到你的喜悦，尤其是看了挂在景区山口的玉照，还没进山，心潮就澎湃了。

二

第一次见你是 1985 年，北京香山。那时年少还看不懂你，以为你的美仅仅是外表，便轻浮地把你当作馈赠同事、朋友的礼物，摘了一袋带回湖南。

那是新闻业务培训班，时间一个月。那个时代各行业都缺少大学培养的专业人员，我才有机会占据一个以写新闻换工资的职业。刚开头，我只是一个脑袋里不但没储藏唐诗宋词，连 ABC 都不识的高中生。后来，靠培训班传授的基本知识，总算让我在这个行业生下根来。

第一次过黄河踏上燕赵之地，艳阳夹着秋风，嘴唇裂开一道道带血的口子。天天只见面食，胃口消极到罢工的边缘，如果没有你的陪伴和慰藉，我的第一次北京行，就成了苦差事。记得每次进教室，都选窗口旁的课桌，是为了转过头就能看到你，这样，我见你的时间，比见老师的还多。课余，参加培训的朋友三五成群相邀去山上看你，遇上星期天，上山围着你转来转去不知不觉一整天。美能醉人，尤其是你，醉得我忘了肉体的不适，一星期过去了，嘴唇上带血的裂口不见了，看到面食胃口兴奋得想大显身手。

学习班结束前一天，你邀我我邀你，十来个人，一人一个袋子。去年，我在书柜里找出发黄了的《契诃夫小说选》，你突然从书页中掉下来。那是三十多年前的你，虽然朱颜已褪，水分消失，全身和书页一样，被时光涂满灰黄的颜色，而你的纹路，脉络里仍然深藏着当年高贵的气质。人到中年后，我才明白自己是何等粗暴，虽然谈不上犯罪，但过失是逃避不了的。就我们当时的行为，其实说"犯罪"也不为过，可以说我们在香山上把你抢劫、绑架了。我们施过抢劫、绑架的地方，一根根光秃秃的枝条，成了脱了毛的凤凰。我每每想起当年的行为，想起当年你的鲜艳，就会为自己年轻时的荒诞和自私惭愧。旅游刚在民间升温时，每个景点几乎都要遭受游客妄想留下自己印迹的暴力，如"某某到此一游"。这种暴力近年来被人们用口水无情地讨伐，这里面也有我的口水。这种讨伐如同一面镜子，照出我当年在香山的无知和自私。

三

你出身于旺族，但并非名门，如果用价格论，只能划归烧火棒之列。我有你的族谱，你们家族最伟岸的是枫树，身高可以达24米，我的家乡岳麓山是它最喜欢的聚居地。你家族的其他成员，如红栌、火炬树、栎树、金银木、黄檗等，它们都是一些矮小而又丑陋的灌木，终生就三五米，无法进入乔木行列，一辈子都享受不到注目礼。我知道红栌生活在北京香山，青天河的你，到底属于哪一支，我还没有在你们的族谱里找到。

我反对血统论。曾经有人根据血统将人分为三六九等，龙生龙，凤生凤，老鼠先天打地洞。这是我少年时代，血统论的理论工具。站在北京香山、南京栖霞山、苏州天平山、长沙岳麓山、焦作青天河五大联盟的路口，就你家族的名姓随意作个抽样调查，估计结果会令你崩溃。按照血统论的观点，你成不了凤凰，只能算只鸡，被人们漠视、排斥在眼球之外，最后待在冷宫里。而现实中你却是凤凰，你每一次露面，都会给世界带来一次惊艳，几千年经久不衰，唐朝以后的每朝每代都有对你膜拜、赞颂的诗文。就算今天，热点潮汐一样来得快也去得快，你却无须承担热点退去的风险，每年 10 月，五大联盟就如迎来盛大节日，你的粉丝千里万里奔你而来，五大联盟各自数据统计，粉丝数量成万增长。

  我一直以为，在一个承诺等同于广告的时代，打开漂亮的包装，往往让人后悔一生。然而，不管什么时候，你都不会让人失望，你总能恰到好处地激起人们的热情。你的热情是真诚的，没有虚妄做作，也不献媚，不刻意讨好所谓的特定群体。我认为所有颜色里，只有红色是一把双刃剑，红过火了，不但伤自己，也害旁人。我素来对红色有恐惧感。火焰是红的，它炽热；血是红的，它一旦成为生命的敌人，便是腥的。胭脂红得妖艳，勾出某种无法言说的欲望。你的红却是艳而不妖，烈而不炽，养眼而不刺目，奔放而不张扬。你是一个天生的哲学大师，当叶片红得太满时，懂得用黄色来调理；你掌握了动中有静的奥妙，从谷底到山峰，你的红如波浪一般起伏，柔软的线条，改变人们对红的刻板印象；你知道红得稠密了，会使视觉疲倦，或许还带来不和谐联想，便巧妙地从深红到浅红或者又从浅红到深红，甚至还在中间留出一些空白，让人们置身在一幅流动的立体画卷中。

  春夏之际，艳阳高照，万物争奇斗艳，以绿色为荣，以绿色为美。歌颂也好，赞美也罢；淋雨不怕，暴晒不畏，你就站在绿叶的后面，低调地等待，一春一夏地历练。你身上不但有红色素，也叫花青素，还有类胡萝卜素，在你们植物世界里，这些特点应该是你家族所独有的。

  你不仅给予人们视觉的享受，还给人们带来无限的想象，一片心形的小叶，能装上人类的精神宇宙，人们把哀怨、欢乐，还有爱情和对美的向往都寄托在你身上。在你们植物世界，一株草，一棵树，一片树叶，都能成为文人的精神，你也在文人们的诗情画意中一坐千年。

四

20世纪80年代初,我刚做文学梦,天空刚露出一丝淡白的晨雾时,便起床背诵唐宋诗词,背熟一首后才刷牙洗脸。唐朝诗人杜牧的《山行》:"远上寒山石径斜,白云生处有人家,停车坐爱枫林晚,霜叶红于二月花。"是我最喜欢的一首。当初背熟的唐宋诗词,多数都随着岁月遗忘了,《山行》像最真诚的朋友,三十多年跟着我不离不弃。我是通过"霜叶红于二月花"认识你的,这之前,我不知道这个世界还有你。那年,我们在北京香山初次相遇,我立刻就明白了杜牧为什么连路都不赶了,要停下来,陶醉在你的美色中。我没有杜牧幸运,我在香山找不到那种弯弯曲曲向前延伸的石径,更见不到白云生处的人家,我只能坐在教室里找个靠窗的位子,一边听老师讲新闻写作技巧,一边把目光往你身上流连。

有人说杜牧的《山行》,先写石径的美,再写白云生处天宫般的浪漫意境,层层递进,其目的只有一个,就是要表现你比二月花还美。杜牧用阳光乐观的心态赞美你,是一首大自然的赞歌,让人类从你的身上看到向上向善的力量。

五

杜牧官书世家,人生顺畅,心灵深处没有死角和淤结,全部被阳光普照,见到你,微笑自然地表露在脸上。唐宣宗时期一位韩姓宫女,她无法像杜牧一样带着阳光的笑脸欣赏你,她是一只笼中鸟,虽有红颜,却寂寞难耐,愁如海深,如果要她用杜牧一样的笑来见你,是不人道的,她的怨和杜牧的笑一样,是身世和生存环境的产品。

怨里也有向上向善的力量，这种力量有时比笑更震撼人心。我们常把怨和恨连在一起，怨就成了懦弱无能的代名词，一顶消极的帽子，让这怨字永世翻不了身。韩氏宫女，把深宫之怨转化成了对美好人生，对未来的向往和憧憬。她把这种梦幻般的遐想寄托到你身上。

"流水何太急，深宫尽日闲，殷勤谢红叶，好去到人间。"韩氏宫女通过你，表达了她对自由的渴望，你去的是人间，她生活在地狱，个中滋味尽在"人间"，字字都是怨，却又不见怨。

大自然的不完美，给人类制造了梦想和渴望，精神世界如同永远转动的万花筒。你的不完美是远远地站在人们的生活之外，人们对你只能仰慕，无法拥有，仰慕你，你是天仙；一旦拥有，你就是一捆柴火。

六

我站在青天河主峰靳家岭，焦作的朋友指着对面山头说，过了丹河就是山西。丹河是过去的名称，今天叫青天河。河南、山西虽是两个省，仿佛半步就能跨越，但行政分割在人们的心中播下了一颗遥远的种子。我知道你们家族没有区域概念，只要适合生长就扎根。不管在河南还是山西，都用红艳的笑脸，耀着泛滟的光芒，回应焦作朋友热情的介绍。

我的碎片化知识结构，害得我去青天河时不知道古代金国的大诗人段克己，错过了站在青天河与九百多年前的诗人神交的机会。或许，段克己写你时，就是站在青天河对面山头，自从在"度娘"那里知道金国段克己后，每当想起青天河，想起你，脑海里就有了那个900多年前的文学前辈。

如果方便的话，我还要去一次青天河，实话实说，主要目的不是看你，我要站在青天河的主峰和对面山头上 900 多年前的诗人进行一次精神对话。

不怕你笑话，我辈享受文明的福利，上天入地，看似什么都懂，什么都能，唯独不懂休闲，"停车坐爱枫林晚"，只有你能帮忙给我们补上休闲这一课。

一株树的泄密

一

洛阳市作家协会赵克红主席三次建议我和张灵均、冯六一去魏家坡，他说，魏家坡是300多年的古村落，清朝时有人在南方做官，某些雕梁画栋的细节吸收了南方精华，整体布局和房屋结构保持浓郁的北方特色，像洛阳水席一样正宗。

洛阳水席独特的北方风味，那时还缠绕在舌尖上，味蕾不停地诠释着我从未体验过的快感，赵主席的建议，勾起了我们对魏家坡的好奇心。洛阳是十三朝古都，每走一步，很有可能和某位皇帝、宰相、将军或白居易这样的文化名人来一次跨千年的擦肩而过。我们决定放弃各种和古人擦肩而过的机会，即算是关林、白马寺那类在旅游指南里加了关注的景点，也失去了诱惑我们的本领，我们的魂已被魏家坡勾去了。南方也有三四百年，甚至更久远的古村落，但南方的古村落和我们早成了异性哥们，两性气味交融，不分彼此，没了互相勾引的动力。魏家坡这北方风味的古村落，如阵阵清新的燕语莺啼，散发着缕缕奇异香风，我们只能早早投降，把洛阳两日比金子还宝贵的时光分给她。

不分南北，所有古村落都有自己的传说，魏家坡的传说是卫天禄。历史学家把清朝入关后，明朝的抵抗势力划为南明朝。南明朝在颠沛流离中生存了近20年，并未形成和南宋一样的独立朝庭。卫天禄在这里做过兵部右侍郎、大学士——将军级的高干。我读过美国历史学家司徒琳著的《南明史》，史可法、李定国、史良玉这些名字就在我的脑袋里扎下根来，却漏了卫天禄。回家后，我在司徒琳的《南明史》里寻找他，想见上一面，遗憾的是缘分没到。我在网上下载了国内明清史专家顾诚著的《南明史》，用软件查找卫天禄，得到的结果是：对不起，没找到相匹配的项。我不怀疑卫天禄真实的历史存在，也不怀疑他曾是南明朝的高级将领：一是不能凭两本历史书籍下结论；二是历史如浩淼的大海，一旦进入，能有几人浮上来？没浮上来的，并不能说就是查无此人。在未来的日子里，我们都将沉入历史的海底，都会貌似查无此人，但我们的存在是时间无法否决的。魏家坡的古村落就是卫天禄曾经存在的历史佐证。

　　古谚说，"生在苏杭，葬于邙山。"邙山在洛阳之北，又名北邙。24位帝王在此建造地下皇宫，作百年之后的长眠地。洛阳市作家协会赵向颖秘书长陪我们上邙山时说，邙山上每个隆起的山包，就是一座帝王的陵宫。汽车在小浪底的大道上行驶，旁边的树木、建筑朝我们身后慢慢退去，眼前有一座山包，远远的，车便停了下来。公路旁有一块黑色大理石文物保护牌，我感觉像魏孝文帝陵宫的护身符。

　　魏家坡在邙山腹地。通过一份资料，我仿佛看到邙山的风水，并未惠泽这24位帝王，他们建立的帝国都无一例外地灭亡了，甚至让后代子孙蒙难，分崩离析；而魏家坡非帝非王，几百年风生水起，人丁兴盛，这邙山腹地，仿佛成了魏家生长官员的摇篮。200多年的清王朝，平均不到10年，这里就要出一位七品以上的官员；平均不到五年出一个秀才，还有四位诰命夫人；到了民国，团以上军官和社会著名人士有50多人。一个乡村家族，繁衍成了官宦家族群，我不能说独一无二，至少在我的印象里好像还没有第二个。我反对血统论，但相信人类基因的差异，也许这就是卫天禄的基因优势，加上邙山的风水宝地，才为魏家坡的人才辈出奠定了最基本的条件。

我一直以为窑洞都是靠山而挖，如20世纪70年代初全民挖防空洞，在山脚开一个洞口，然后向里掘进，最多两间房子的规模，10多平方而已，而且我一直认为，窑洞是社会底层，生活潦倒的象征。魏家坡的窑洞彻底改变了我这南方人的偏见，还增长了对窑洞的见识。

在村口和导游会面后，她说先去看天井窑洞，我以为这天井窑洞是村外一个什么自然景点，走了不到十步，还没来得及问什么是天井窑洞，导游就说到了，而我眼前除了公路和新建的楼房，就是一片荒野之地，哪有值得我跨省而来的景点？导游朝下指着一个深坑说，这是乾隆年间，魏氏第六代孙建的窑洞。我跨前一步和导游站成一排，原来站在魏家坡门楼旁看到的这个坑是一孔窑洞，从上往下看，像地下四合院，对着出口的一面还是两层楼。坑的四壁由青砖砌成。游客不能进入房间，我看不到房子结构，听导游说，总共有14孔窑洞，还有楼梯上二楼。平地往下挖七米，在南方早就成了大水坑，尤其在我们洞庭湖区，挖下去一米，水就开始往上冒了。导游还说，过去，邙山穷人富人都挖窑洞，穷人的窑洞墙壁是泥土，富人的窑洞都砌了青砖。

二

汽车刚上王城大道时，"度娘"送了我一张照片，画面上只有绿叶和青瓦，栋栋房顶亭角分明。这就是魏家坡的古民居，一色的后窑前院格局。厅、堂、楼、廊五百多间，窑洞70多孔，共有四万多平米。

看着照片，我的想象走到了汽车的前面。屋顶下有多少议事的厅堂？多少把家族连结在一起的通道走廊？多少接纳阳光和雨水的天井？世间的悲欢离合、人情冷暖、奋发图强、颓丧不振给数百年的古屋浸染了多少人间烟火？今天还存留多少？

魏家坡古村口照壁旁有株300多年的大槐树，顶着一把国家二级古树的保护伞。树高20多米，树围要两人合抱；树干好像相中了某片云彩，翘首遥望，总想再努一把力把云彩摘下来。我在大槐树下，想象的翅膀待在300多年前，它不肯跟我回到现实来。

卫天禄金蝉脱壳先逃回河南济源轵城老家，如果史良玉不替他保守秘密，老家就是他的坟墓。他一边继续逃亡一边寻找新的安身之地，最后看中了邙山魏家坡这块风水宝地。

曾经的同事，后来投靠了清朝廷的史良玉围困长沙，卫天禄是长沙的守城主将，史良玉多次以旧同僚的身份劝他效忠清朝。他明知守城无望，又不愿背叛南明主子，后联合副将设了一局。他傍晚出城，副将胡乱找一个替死鬼冒称他，说卫天禄顽固抗守已被斩首，并开城门迎接史良玉。他知道史良玉精明，可以瞒了清朝廷，但绝对瞒不了那个精怪，干脆修书史良玉，说明不能再次同僚的心境，并请史放他一马；副将杀"他"投诚，也请替副将立上一功。局是他设的，最后结局是悲是喜，却不由他掌控。他虽觉得魏家坡比济源老家安全，但内心的惶恐仍是无法平息的风暴，最后还成了一颗无法根治的毒瘤，伴随着他的后半生。

魏家坡是后周宰相魏仁浦的后花园。魏紫牡丹，就是在这个后花园里培育出来的。他来到这里时，魏仁浦的后花园已徒有虚名。卫天禄又来了一次偷梁换柱，将"卫"改为"魏"，一字之变貌似魏仁浦的后代又回到了故地。

这时,卫天禄改叫魏天禄了。

他为了表示在此扎根的决心,便把窑洞前一株小槐树移到了村口。戎马半生,再来玩锄头、水桶,却没了大刀长矛轻巧自如。他弯腰,撅着屁股,满头碎汗,才挖了一个小坑。他像呵护褪褓中的婴儿一样,细心培育这株小树苗。一片小叶连接着一片小叶,小孩一样不经意间长大,超过了他的肩膀。一直在他内心中那份担心灭九族的恐惧,没逃过小槐树的眼睛,或者说,小槐树揣摩出了他内心的秘密。

小槐树成了大槐树。魏天禄老爷子仙逝了,它也长大了。村口是它的家,它要替魏天禄老爷子护好这一村的风水。当初早没人居住的破窑洞,后来就成了后窑前院的新房,前院从一进,到二进,再到五进,魏家的人丁也从父子三人,繁衍到四千之众。

好风水必有一株好树,它不敢贪天之功,只是为了当初那个乞丐般的男人知遇之恩。它仍记得,天黑之际,他挑着一担箩筐,里面一边坐着一个小男孩,神色慌乱地进了它身边的破窑洞。第二天,他便把它移栽到现在的位置。这一移,它的命运就改写了,在那个狭窄、阳光不足的破窑洞前,如果不被人当柴火,也会成为一株营养不良的小灌木。

后来,他们成了朋友,它本应替朋友守住那份秘密;它不像清晨站在它身上"吱吱"叫个不停的小鸟,管不住自己的嘴巴,凭不善言词,木讷的本性,它应该能守住这份秘密;它也发誓永不开口,将秘密烂在肚子里。遗憾的是,秘密没有烂在它肚子里;最懊恼的是,它不知何时、以何种方式让秘密不胫而走了?

清朝廷不再追杀他们,魏氏子孙有人做了四品大官,其实这时"卫"和"魏"也就没有秘密了。

三

魏天禄有两个儿子：一个北面做房；另一个在南面建屋，便有了现在的北院南院。一条石板路夹在两院之间，如同某个城市的小街巷，也似北京的某条小胡同。

朝廷的剑入了鞘，秘密自动解除后，另一把看不见的剑伸向了魏家坡。"魏"改"卫"成了一把分裂魏家坡的剑，北院改"卫"，南院仍为"魏"，魏天禄4000多子孙同宗不同姓了。

改，还是不改，这不像"卫"改"魏"一样涉家族存亡，也不涉后代子孙的光明前程，是一件吃饱喝足，四周不再响起安全警报后的闲事。改与不改，都是同样的理由，祖宗的面子，这面子也关乎到他们的面子，有点精神的意味了，不关吃不关穿不关住的闲事，可也不是可有可无的小事了。自从人类意识到精神的存在后，欲望和想象力互相勾结，恨不得把宇宙中的所有星球都变成家中的一颗小珠子。

魏家坡南北从此开始了面子竞赛。南魏有人做官，前院从一进到了四进，北卫便后来居上，在朝廷做了四品大官，房子一定超过南魏，建成五进。南魏今年考中一个秀才，北卫第二年也不示弱。

祠堂是北宋范仲淹首创的家族管理模式。同是魏天禄的后代，魏家坡分设南北祠堂。北祠堂便是卫族祠堂，南祠堂顺理成章为魏氏祠堂。两个祠堂的分隔，卫魏相争就组织化、体系化了。

汽车离魏家坡还有一二公里路程时，被拦进停车场，我们便徒步进村。沿途多块标示牌有的是魏家坡，有的则是卫坡。开初不知有卫和魏的故事，便主观地认为是不同时期使用的地名。走近门楼,"魏家坡"赫然在目,进村再回头时,门楼的另一边,卫坡二字也旗帜鲜明。一地两名同时使用?好像我的阅历里还没有先例,如果没有赵秘书长的及时解释,我的理解能力会在这里遇到暂时困难。

北院更姓拿到了县地名委员会的尚方宝剑。法理上,魏家坡从此不再姓魏。或许不止魏家坡人没想到,连发文的人也没想到,批文和现实的距离,如盲人的手杖,一尺开外就如隔了一个世界。魏家子孙走出后魏家坡后,如种子随风飞扬,见土生根,已散落到世界各地。这纸批文出了邙山,也许连洛阳城都进不了,那些身在魏家坡之外的游子,要想"魏"改"卫",户口关,身份证关,档案关,朋友关,关关都复杂、艰巨,这些"关"加起来,不亚于一个国家的登月工程,个体的力量永远完成不了这种高难任务。出了邙山,这纸批文就如过期的契约。魏天禄的子孙后代,就出现了在中国传统文化中不曾有的父子不同姓,兄弟不同姓的奇观。

我们站在门楼下,议论门楼上的一副对联:"魏卫分宗河洛溯源共祖宗"。这时,一位老人来到我们身边,他的当地话我们听不懂,从他脸上的表情变化和个别字句,我们判断他要说的话为:那是假的,或者是瞎搞。说到后来,老人的情绪有几分激动。我们估计他说的还是"魏"改"卫"的事情。我们的湖南话,老人也听不懂,沟通不畅,老人不再说什么,转头走了。

"魏"改"卫"的是是非非,大槐树心里明镜似的,但它不说,它活了300多年,知道世间的事情不是都能说得透的。

每到初一十五,就有人在它身边烧香,烧纸,虔诚跪拜,这个说要保佑魏家,鬼字边的魏;那个说保卫的卫,不外乎好的要更好。它老皮老脸,不带表情,不吭一声。它明白,不吭声比吭声更有权威。

我看着大槐树，300多年了，还那么青春，青绿的树叶，像一头美丽的秀发。导游见我望着大槐树发呆，便又把大槐树的历史讲解了一番。这株大槐树叫龙头槐，村尾以前也有一株，叫龙尾槐。村尾的没了，只剩龙头槐了。

我突然明白了，这株龙头槐，就是魏家坡的魂，不管是魏家坡，还是卫坡，叫什么都不重要，最重要的是有龙头槐这个魂。